一束金百合

林华音乐往事录

林华 著

上海音乐出版社

图书在版编目（CIP）数据

一束金百合——林华音乐往事录 / 林华著. － 上海：上海音乐出版社，2025.

ISBN 978-7-5523-3016-8

Ⅰ. I267

中国国家版本馆 CIP 数据核字第 202470B4Y1 号

书　　名：一束金百合——林华音乐往事录
著　　者：林　华

责任编辑：杨海虹　蒋熙健
装帧设计：翟晓峰

出版：上海世纪出版集团　上海市闵行区号景路 159 弄　201101
　　　上海音乐出版社　上海市闵行区号景路 159 弄 A 座 6F　201101
网址：www.ewen.co
　　　www.smph.cn
发行：上海音乐出版社
印订：上海华顿书刊印刷有限公司
开本：787×1092　1/32　印张：4.375　字数：70 千字
2025 年 2 月第 1 版　2025 年 2 月第 1 次印刷
ISBN 978-7-5523-3016-8/J · 2756
定价：32.00 元

读者服务热线：(021) 53201888　印装质量热线：(021) 64310542
反盗版热线：(021) 64734302　(021) 53203663
郑重声明：版权所有　翻印必究

月光下漫游

（代序）

　　他还是坚持要在晚饭后出去散步。上周走路绊了一下，好在当时反应快，跌跌撞撞了几步，缓冲了地心引力，慢慢摔倒之后一骨碌即刻爬起，身体并无大碍。但是前来探望他的研究生们还是劝他在家好好休息几天再说，说不定还有什么自己察觉不到的暗伤呢？可他就是喜欢这一带街市到了夜间的安静、空气的清新，也习惯了一边走着一边放飞着，自由地遐想，那时候的思绪不会受到什么打扰。其实很多文章都是在散步的时候构想出来的呢。

　　今晚也不冷。他没戴帽子便开始了每天的月夜漫行。那是沿着艺术学院周围几条僻静的马路无所目的地慢走。白日里看惯了的景物，在夜色中望去却是另一番情调。钦江路上的那一幢幢雅致洋楼屋顶上的小烟囱，现在却像坐在山坡上眺望星空的孩子。街心花园那尊眺望远方的诗人雕像，白日蓝天下还是一副踌躇满志的样子，在月光下却显得有些柔情满怀了呢。

他太熟悉这里了，生于斯、长于斯、学于斯、业于斯，处处都能引起往日种种情景的回想。然而时境多变，岁月痕迹交叠，留下的记忆也越来越模糊起来了。这往北走去的桃江路，现在是一家高冷的西餐厅，可大炼钢铁那会，这儿却是学校自垒的小高炉啊。当年和同学们围着一块火红的铁渣，跳啊蹦啊，那种欢天喜地歌唱的憨厚样子，他不禁反问自己，那可是自己真实的青春吗？

走了一会，他的夜行路线折回淮海路。二十世纪七十年代时，学校为了筹措资金，把围墙拆了租借给商家，开设了啤酒花园，那年头这里夜夜歌舞升平。当然也没有什么扰民的说法，祖国要富强，学校要筹钱，大家都能理解，忍着忍着也就淡忘了。但现在又是一番新的面貌：几家毗邻的灯红酒绿小酒店，现在连成一家颇有规模的琴行了。那么当年啤酒花园的存在，是否说得上也是一种真实的存在呢？

这琴行沿街一排落地陈列橱窗的灯光虽然已经关了，但是今晚月色特别清朗，在银辉映照下，还是可以看到里面布置成几间琴房的模样，陈列着几种不同牌号的三角钢琴。在这些不同的教室的墙上，都挂着一些音乐家画像。

或许对于偶尔经过这里的路人来说，这些画像充其量就是一种背景装饰罢了，谁都不会想要知道他们究竟是谁，对过客而言，这匆匆一瞥也算不上是曾经的存在，不会进入他们的记忆中去的。但对他来说，这里每一间教室挂的是哪位音乐家的画像，却早就熟记于心。每晚散步到这儿，他都会驻足很久，想着自己当年走进位于漕河泾的校园，在第一琴房练习的情景，还能记得每一间教室里安置的是什么牌子的钢琴，墙上挂着的是哪些大师的画像，以及他们之中每一位的音乐与自己的生活又有过怎样的故事。这些他都记得清清楚楚。

"他们是我童年的朋友，是引领我走进音乐之门的老师。"他在心里默默地念着。

"他们是陪伴我成长的长者，是渡我安过浩劫，救我免于沉沦，引我终身奋进的守护神。"

不一会，果真有几个路人看他在那儿仿佛在端详着什么，以为这里又有什么有趣事儿了呢，于是赶来凑热闹，挤在他背后也想看个明白。他却从人群中退身出来，躲开这些整天就想着"吃瓜"的看客，继续自己的漫游路程。

"是的，音乐是我生涯的真实，而**生存**中所经验的一切，终将被'意义'的筛网过滤，留下的便是经过反思得到**体验**。"他继续着先前的思路，边走边想，不觉为自己终于辨析清楚了这几个名词而高兴，脚步也不由自主地加快起来。

"无论是成功的欢乐，还是挫折的沮丧，甚至是世态的炎凉或社会的动荡，作为处于历史长河瞬间和宇宙冷漠天地中的过客，如果对此都能体验一番，生命岂不成了一种享受？"

他不觉已经坐在电脑前，匆匆打开了一个新建文件夹。想了一会，打下一行字：

"在生命真实的光芒透析下，我们若能带着反思体验生活，那就是审美的人生。"

林 华

2024 年 1 月 31 日

目 录

迟开的蔷薇

第一琴房的半壁是敞开的，外面有一个长廊。从琴房向庭院望去，一派桃红柳绿的景象。几根红砖砌成的方柱子边上，一丛丛蔷薇许是音乐听多了，朵朵开得鲜艳。

"春天不是读书天"，初一的孩子哪有什么定力，琴弹不到半小时就忍不住要到小伙伴的琴房去串门了。一来二去的，每个人在弹些什么曲子，大家都知道了。比如你只是弹了一首《小步舞曲》，可这个弹《波罗涅兹舞曲》，那个弹《萨拉班德舞曲》，整本《巴赫初级钢琴曲集》就这么都被我听熟了。

临近寒假的时候，教务处发了一份调查问卷，要我们说说自己入学半年来最喜欢的曲子和最有感悟的曲子。可这些我都回答不出来，充其量只能写个"最熟悉的曲子是巴赫的"，因为既谈不上"喜欢"，更说不出"感悟"。当然，这里所谓的"熟悉"，指的也只是"小巴赫"而已。

想不到从此之后我竟会一直记住这几个问题。无论是每个月的学习交流会，还是每个学期的全系汇报会，只要听到巴赫的创意曲或是阿勒曼德之类的，我总会不由得问自己："今天感悟了吗？"可是到头来我发现自己能填上的始终只有"熟悉"二字。

整个二十世纪五十年代就这么浑浑噩噩地耗着，也没有什么人来和我们好好说说巴赫。可能是觉得跟我们这些孩子说了，我们也不懂，又或者是想着，我们长大以后自然就会懂吧。就这样弹着、练着，一直到了二十世纪六十年代再也不许弹巴赫为止。

其实回忆起来，也没有什么可惜的，缘分不到，也难生情。只是这些年来听熟的音乐还留在心里，批也难判，砸也不烂了。

本科三年级，按照历年的教学大纲，该上赋格课了，可第一节课上老师只来得及说了个"巴赫在音乐史上有什么意义"的绪言，第二节课就接到通知，全院改学社论。于是我们走出高楼深院，举着红旗一路放歌，来到农村天地，唱《杨柳青》。

阔别巴赫，又是十年。看来我和这位"音乐之父"当真是无缘，更别说怎样感悟、理解他的作品了。

可是事情并不一定是按部就班地发生的。

后来，我和一位发小被派去西郊的建筑工地劳动。有一天文化局的军宣队送来了两个孩子，都是我们附中的学生，一个吹小号，一个吹黑管。原来他们参加样板团的演出后，偷拿了"刁德一"的手枪上街威吓小店店主，然后从小店拿了许多零食，扬长而去。

不过这两个孩子来了以后也还算老实，每天和我们一起搬砖拌浆的，累到一身大汗，就去浴室冲个凉快。

那天我和发小借着澡堂的共鸣回响，唱起巴赫的一首赋格自娱自乐，没想到那两个孩子竟听呆了。于是我们唱起了他们也熟悉的巴赫《C 大调前奏曲》（BWV 846），让他们一起哼着古诺的《圣母颂》（*Ave Maria*）加入。

唱完之后，两个孩子久久没有说话。

自此，我们四人每日在澡堂褪去满身污垢之后，便赤身裸体地大声歌唱，在回声中寻找着那本就属于我们心灵的声音。这成了我们这支"小小建筑队"的"必修日程"。

那天歇工之后，吹小号的男孩许是有些累了。他躺在凉亭的长椅上，没多久便说起了梦话。只听他含含糊糊地说道："大师兄呀……要是早认识你们就好了……每天唱唱这样的音乐……怎会去抢劫呢……"

我和发小听着，两人都没有说话。如果这时有一张调查问卷，我又该填什么呢？

等到可以坐下来学习的时候，已是二十世纪七十年代了。承蒙恩师不弃，让我回校当助手。一个暑假的时间，我跟着他做了二十多首赋格练习。心中不由感叹，自己未曾做过这门课程的学生，却摇身一变要站在讲台上夸夸其谈了。

羞愧之余，我烦请马老先生趁访美之际带一些圣咏的录音资料给我，以便我上课的时候让学生们感受一下巴赫的音乐。老先生百忙之中没有忘记我的卑微请求，给我带了巴赫的康塔塔《心与口》（BWV 147）。其中既有四声部纯净的圣咏，又有乐队旋律华彩的装饰。横向的模进恰好与纵向的和声契合，这样的写作技巧真可谓是奇迹。

应该说是"百读不如一听"了，学生们通过谱上各种交织着技巧的音型，很快领悟了巴洛克的庄严与壮丽。虽然这样的音乐从理论上来说只是彼时彼地人们向往幸福的心声，但每到圣诞时分，这些音乐便会伴着飞舞的白雪响彻在国外的大街小巷。几百年来经久不衰，这不也说明了这些音乐所表达的期盼同样是为今人所认同的吗?

老先生还带回来一张国王歌手合唱团的碟片,里面是根据巴赫创意曲改编的重唱作品。这份意外的礼物让我如获至宝。每次外出做讲座,我都会放给学员们听。因为我已经明白,巴赫的音乐是属于所有善良的人的。不同层次的听者可以有不同的聆听感受。对于普通听众而言,他们无需知道什么叫"创意曲",只要心灵上能够得到感应就行了。

例如巴赫的《G小调创意曲》,就好像是夕阳斜照时分,河边走来一群姑娘,晚风吹散她们刚洗完的长发,气息悠长的歌声回响在天地之间……很惭愧这样的画面似乎有点像推销洗发水的广告,但它足够接地气,普通人也更容易理解。当然,巴赫写的并非一定是这样的画面。那是一种让我们会联想到如此这般场景的意象,又或许什么都不是,只是一种美好的情绪罢了。但不管怎样,这都是一种隐喻——人世间最美好的便是敞开心怀的自由。

这张唱片中的曲子,总能让人联想到这样那样的画面或使人心中涌现出一种难以言表的情感。用心去感受,就会得到领悟,心中也就得到愉悦。所以每次讲座结束,学员们都会涌到我的讲台边上,询问在哪能买到这张碟片。

一束金百合

一次，在执行外出考察任务的大巴上，坐在我边上的领队问我："像我们这样的欣赏水平，该怎样听巴赫呢？"原来他听过我的讲座，可是我并不怎么认识他。在我看来，老资格的音乐爱好者是不会这样提问题的，他们会自己寻一些资料，找一些作品听听。这位料想是世界通俗名曲的听众。

我告诉他，首先要学会跟踪主题。赋格就像我们的专题讨论会。会议的主导者要很快明确发言者的意思，把握议题中心，别让会议开无轨电车——跑调了。说着，忽然想起有一次在聚餐会上贾主席问我："老林，你怎么不发言呢？"我说："大家说的我都同意，就不必重复了。"他却说："你不发言，我怎么知道你的态度呢？"想到这个，我知道他要是听了我的解释，一定就会知道复调音乐中每个声部必须独立的道理，接着我就总结地说："普通的听众在一般乐曲中听到的是一般情感，而有水平的听众在赋格中听到的是论证的智慧。"

他很愉快地笑了，我也为自己的机智暗自高兴。

后来我结识了美国管风琴演奏家弗朗西斯，他热情地邀请我到美国访问。一天，他带我去了一座玲珑小巧的教堂，想让我听听他弹奏的巴赫管风琴作品。我很高兴听到那雄厚的低音奏出箴言般的主题，并在多样的装饰下展开论证，最后推导出坚定的结论，让辉煌的音响充满整个教堂。

中途，弗朗西斯出去接了个电话，他让我在管风琴上随便弹一弹，等他回来。我想起舒曼写给青年的箴言："千万不要错过尝试弹奏管风琴的机会，这会让你明白很多道理。"我开始在那琴上弹起还能记得的一些巴赫乐曲，可是总不能弹出令人满意的声音。琢磨了一阵我才明白，管风琴的发音干涩、短促，如果没有小心翼翼地把每个声音保持到下一个声音出现，那弹出来的旋律就会很零散，不可能奏出如歌般的连贯。换句话说，在管风琴上演奏应该有自己的一套指法。我想，在钢琴上弹奏巴赫的作品或许也应该用这样的指法，虽然钢琴多少会有些回响的时间，但依然难掩盖各音之间的孤立。

这小小的顿悟让我受益匪浅。其实这本是一两句话就可明白的事，可那个时候谁又会了解这些呢？我明白了必须多听、多想、多交流，才不至于闭门造车。音乐从来就是全方位的心智活动，弹琴的人也得懂得作曲以及复调的原理，这样才会把作曲家的乐谱看成是自己的心思，才可能做到以第一人称的态度去宣泄、去表现；而写音乐的人又必须知道如何布置旋律才能更好地发挥情感的妙处，才可能使乐曲生动、有趣，使得演奏家在其中显示自己的热情和乐感。

更重要的一个感悟是：巴赫的音乐是深邃的大海，是仰止的高山，永远有许多等待我们去提炼、去获取的精神财富，给我们心灵以智慧的启示。

已是暮春时节了，琴房窗台上的蔷薇却还在含苞待放，它们是否开得太晚了呢？

山林正黎明

从来都不知道，黎明时分周遭的空气都是蓝色的。一直到十一岁进入附中之前，从来不曾有过要一早离家外出的活动，总是在床上睡到睁眼便是阳光普照。那年入学，新生在暑期里要在夏令营住几天，大家不得不铺条席子睡在钟楼底层的一排大教室里，将近五点忽然被号声惊醒，说是要行军了。这时看天色，才发现自己仿佛浸润在蔚蓝色的大海中，周围一切都是蓝盈盈的，然后看着它慢慢地被朝霞染红，这景象真是美妙极了。难怪诗人们都会为此写下无尽的抒情篇章啊！

所以后来吴老师让我和洪兴四手联弹《培尔·金特》的《早晨》时，我觉得自己特别有体会，因为我用好奇的眼光观察过天色是怎么一层层地渐明透亮的。

可是我们自身又是怎样从蔚蓝色的梦中醒来的呢？

一束
金百合

　　虽然在入校前糊里糊涂地学过一阵钢琴，但到了吴老师班上却得接受规范化的学习。大概是为了增强对音乐的感受能力和启发表现的欲望吧，她让我弹了不少格里格的小曲，从《蝴蝶》到《侏儒进行曲》，从《致春天》到《特罗豪根的婚礼日》。弹多了，我也就熟悉了他的那些纯朴旋律和色彩多变的浓郁和声，甚至听到琴房里有他的作品响起，就很有一种想去看看是什么人在弹的好奇。

　　当时给我独用的琴房就在一幢旧时大亨留下的三层房的阁楼里。那天和往常一样，吃完晚饭正准备去练琴，沿着旋梯而上的时候，忽然从顶楼上飘下格里格的《打更人之歌》。那时夕阳正透过转角一排拼花玻璃窗，投下几分神秘的五彩斑斓光芒，伴着几百年前阴森的圣咏，尤其是乐句之间还有一串串快速的琶音过渡，仿佛教堂内的冷风吹过，让人听了瘆得慌。

　　原来是一个低班的同门小师妹在我的琴房里弹琴。见我来到，她羞涩一笑，说是教务处把她的琴房分配在这里，今后我们得合用这架钢琴了。

　　虽然当时心里有些不快，因为这意味着我今后不能随心所欲地想来就来，练琴还得受到她的时间牵制。但这不是她的错，所以我也只能忍着。想想总有些空隙是可以先来先得的吧。

有时是我先占到琴房了，小姑娘倒也不会认输，索性就不走了，坐在那儿和我聊上几句，问我《摇篮曲》里二对三的节奏怎么练，《索尔维格之歌》的连贯旋律该怎么触键，有时就听我练习格里格的《奏鸣曲》。

学期结束之前吴老师给我两张《山林之歌——格里格传》的电影票，那是他们政协发的票子，让我和洪兴去看。可不巧师弟那阵子病了，我怯怯地问小师妹是否有兴趣，她先是很惊讶，之后很高兴地说回去换件衣服就来。

等到在俱乐部碰头的时候，只见她穿了一件连衣裙，完全是一副少女模样的打扮了。我禁不住夸她这样子真好看。她微微地笑了。

影片说的是格里格在山林中漫步，遇到一位采枞果的小姑娘诺拉。见她天真可爱，格里格就说，我要送你一件见面礼，但要等你十五岁的时候才会收到。这故事我在巴乌斯托夫斯基的《金蔷薇》里读到过。我和小师妹说，那文章字里行间充满诗意，读着好生感动。她只顾看银幕上的故事，没吭声。影片结尾是诺拉在生日那天果然收到邮差送来的格里格先生寄来的戏票，舞台上的报幕立刻宣称这是作曲家送给小诺拉十五岁生日的礼物。乐池里立刻响起那首著名的《致春天》。诺拉坐在华丽的包厢里看舞台上的芭蕾表演，那些花草迎着春风轻轻摇曳，时而挺立，时而旋转。然而"夜来风雨声"的那段，舞台灯光转暗，舞者急速奔走，激烈地弯腰扬臂折腾。好在一切又重返如初，银幕上一片北欧湖光山色，在格里格笔下显得更美了。

我偷偷地看看小师妹，不料见她眼角仿佛有些泪光。这小姑娘也太多愁善感了吧！

回家的路上，我也不知道自己怎么会和她说一些刚从书上看来的话，和她解释什么叫做隐喻。她只是羞涩一笑，似乎也知道我曾偷偷地瞄过她，低着头不好意思地解释说，她只是感慨世事难料，谁知道明天会不会是大家所期望的那样。

我们不觉越走越慢。到她家弄堂口的时候，月光静静地泻在她的面庞，我这才觉得，小师妹长得很清秀。我嗫嚅着说："将来我也要送给你一首曲子，纪念我们同练一架钢琴的日子。"她笑了："还是送给格里格先生吧，毕竟他让我们在琴键上有了那么多的共同语言。"迟疑了一下，又轻声说："毕竟他还见证了我们这段友情啊。"说着，她就飞快地转身奔进满地银光的弄堂里去了。

也真是世事难料。小师妹后来随家人到了美国。走的时候，她在我们共同的琴房里留了一张唱片给我。那是格里格的《西古德·乔萨法》组曲，附了一张小纸条，上面写着：

"我会听到你写的乐曲的。"

好几天我都在琢磨着，她怎么会想到送这首乐曲呢？

喔，那是在顶楼的黄昏，正是无话不谈的时候。我曾经和她说起这首管弦乐曲，回答她问我第一次听到管弦乐会有什么样震撼的问题。

当时漕河泾校园的大礼堂边上，有一道可以从户外直接通到二楼的楼梯，初入学那年，只要没课我就会和洪兴悄悄上楼偷听本科管弦乐队的排练。那年本科乐队演奏的就是这部组曲中的《效忠进行曲》。乐曲最初是一种安详的庄严、在平静中似乎略带一点忧伤，但音乐随着发展，渐渐转入神圣、崇高的境界，最后的结束是辉煌的，但总让人有什么难忘的怀念。

这又会有什么隐喻呢？

毕业考试的时候，吴老师因为身体原因，把我交给王老师了。但他给我的曲目，不出所料，就是格里格的钢琴协奏曲，可能他们交接的时候就商量过，前面我弹过的一些格里格小品原来就是一种铺垫啊。不过王老师也略带几分自嘲地告诉我，他当年就是为了这首乐曲，吵着要从作曲系转到钢琴系去的呢。他这几句无心的感慨，却让我花了不少心思去寻找乐曲中的每个细节：是什么样的旋律，是什么样的音型，是哪句和声，竟能让他放弃当作曲家的雄心而去享受演奏家的快乐呢！大概他很早就觉察到在格里格的琴声中，有一种我们永不可能淡然面对的旖旎与活力的美吧！

是那协奏曲引子的排山倒海的气势吗？是那主题中蕴含的青春等待的爆发吗？是副题所表现的，那白雪覆盖的山峦随着晃动的春风，在解冻后的明净湖水中顾盼着自己的倩影吗？还是第二乐章沉思旋律所刻画的那样，是怀着满心情爱的索尔维格，在薄暮冥冥中向窗外远眺吗？

我相信因为自己格里格弹得多了，竟和他有些熟不拘礼的自在了：原先我是个"怯场慌"，上台弹响第一个音，脑子便像脱缰野马般控制不住地乱奔，全靠手指的肌肉记忆在操作，全然不知道自己在弹什么。而这次有王老师为我伴奏，他就坐在一旁陪着，我所弹的又是自己十分喜欢的格里格先生的，心里竟然定了很多，丝毫没有想到什么"万一"

之类的不祥字样。

王老师上台前对我悄悄说了一句："别慌！淡定！"这让我稳稳妥妥地心定神稳下来，很冷静地清楚自己一步步地在做什么：气势磅礴的前奏、艰难的连接句、优美如歌的副题，一边弹，一边感觉很好。等到他弹奏主题的时候，我进一步地稳定了情绪，笃定地奏出一串串琶音，它如清风，彻底吹散了我的紧张，并让我满怀信心，轻松地拿下艰难的华彩乐段，终于顺利地冲到最后一个和弦。

第二天，一些老师见到我都给我鼓励，说我弹得还不错。我知道，在这之前教研组的老师们大概从来就不曾看好过我。这还不是格里格帮我打赢的翻身仗啊！记得那年我到普陀山占卜，签上说我会得到贵人相助。那贵人会不会就是格里格先生呢？

感激之余，我想起小师妹在弄堂口和我说的话，"送个曲子给格里格先生吧"。

想不到三十年后这事真的做成了：恰好有个合唱团要到挪威演出，而且还会到格里格的故乡特罗豪根访问。我即刻把他的钢琴曲《特罗豪根的婚礼日》配上歌词，改成合唱曲。我相信格里格先生一定不会反对我这样做：

○一束
金百合

快穿上华美衣裳装扮得漂漂亮亮，
请把那醇香美酒打开了喷喷香。
欢乐人们又跳又舞就要闹开场，
迎亲的队伍又吹又唱走进村庄。

亲朋好友来自四方，排着长队送礼繁忙，
大叔大妈不要慌张，小弟小妹不要乱闯，
隆重时刻就要来临，一切都会仔细安排稳当，体面风光！

新娘美丽，新郎英俊。天作之合，绝世无双。
甜蜜岁月，恩爱永长。美好生活，充满阳光。
漫步走向，婚姻殿堂，玫瑰开满两旁。
教堂钟声，一起鸣响，新人祝福，远传四方。
儿女成长，父母感伤，幸福的泪，湿润眼眶。

合唱团在格里格的故居小屋前演唱了这首歌。当地的居民和游客都非常高兴地听到属于格里格的琴声飞过半个地球，被中国的孩子们所欢喜，并用他们的歌声唱了回来。

但是他们是否还会知道，这也是一个音乐爱好者献上的一丛玫瑰呢，这也是因着格里格的音乐，而让他对拥有过的温馨时光表示的无限敬意呢？

小师妹，你在哪里呢？你可听到了这支合唱？

水银灯下

第一次站在合唱阶梯平台上，没想到悬挂在头顶的水银灯照耀起来竟是这般灼热。尤其是站在最高一排，满头都被烤出大汗了。好在乐曲的前奏时间不长，弦乐的颤音奏出一片晨雾朦胧之后，号声远远传来，《少先队植树之歌》就可以上场了。接着是让我们颇感自豪的降六级移调，这可不是人人能唱的呢。唱着唱着，已不觉就唱到了那句号称黄金五度的凯旋音调了，再加上最后的变格终止，整个音乐厅立刻洒满了阳光。我们这支小有名气的音乐学院附中童声合唱队，为肖斯塔科维奇迎来上海听众的热烈掌声。

我们这群孩子在唱台上都很激动，直到卸妆的时候还余情未了。站在我边上的齐敏说，这音乐是宣告着人类黎明的到来啊。他是个很有感悟的人，总会说出一些警句，让我佩服得很。那时候我们既单纯又虔诚，相信这世界是必定会走向人类最美好社会的，而这般光辉的音乐就是未来的灿烂朝霞啊。

其实还没进入音乐学院附中，我们这班孩子几乎个个都会唱肖斯塔科维奇的《可喜的一天》。那时上海正上映《攻克柏林》，女教师娜塔莎带着她的小学生们在开满鲜花的草地上嬉游，这首歌平行三度的旋律像春风一样吹拂着蓝天白云，真是一片幸福景象。那一阵子他的《联合国歌》，也很流行。

肖斯塔科维奇的名字，最初是作为群众歌咏作曲家在我们心中被注册的。

后来他的身份渐渐多起来了：先是知道他也是一位擅写电影配乐的作曲家，为苏联当时首批摄制的彩色电影《攻克柏林》（1950）、《难忘的1919年》（1951）配乐，以史诗性著称，他的音乐进行模式还成了当时作曲系学生写作颂歌的范本；之后还有《别林斯基传》（1953）、《牛虻》（1955），尤其是后者，其中那首浪漫曲之优美，至今还令人销魂。

另外几部电影《伟大的公民》《带枪的人》，其中的音乐也很好听。而最脍炙人口的就是他为爵士乐队写的组曲，至今网络上还在流传其中第二组的圆舞曲，甚至在抖音上还会经常出现，成为一些视频的背景音乐呢。

他的身份后来又是让我们这些作为白丁入校的学生所喜欢的初级教材作曲家。但凡只要弹过他的简易钢琴曲，就知道这些教材可不是出于一般平庸编曲者之手：他的那套《洋娃娃芭蕾组曲》虽然手法极其简练，但形象勾勒却十分生动，音响新颖而清奇；而另一套《三首幻想舞曲》，音响听来有些新异，显示出作曲者才华横溢的创新才思。

不久肖斯塔科维奇在我们心里又有了一个新的身份：竟然是被苏联政府两次点名批判的作曲家。想不到这些被我们喜爱的歌曲，还是他用以表示悔过自新的检讨书呢。那时候我们都是虔诚的少年，相信一切白纸黑字的出版物，更钦佩他表白心迹作品的真诚。

作为1957年之后进校的高中生，我们听着"老肖"的《第五交响曲》。书上说第一乐章主题先短后长的动机是严峻的思考，副题旋律忽高忽低的，找不到可以落脚的稳定音，那是个人主义的患得患失的心理写照。最后是踏着矫健步伐，和人民一起走向未来。此时听着这样的解释，倒也很像。为此也深有感触。

还有一部《钢琴五重奏》也是表示悔改之意的杰作，这部作品乐思纯朴、亲切，织体整个显得清明洁净，一反此前种种探索新法，恢复到传统风范，因此又获得斯大林奖金。

现在，"老肖"在我们心中的地位，又进了一步，是苏联当代最伟大的作曲家了。当然，是否有"最"字，我们又会很天真地把他和普罗科菲耶夫作比较，并为此争论不休："老普"是才华浪漫的横溢，而"老肖"则是力透纸背的深刻，最后终于得出结论，创作是个性的显示，没有什么可比性。重要的是，能否忠于自己的个性，走自己的路。

不料，"老肖"的艺术在我们心中的地位，似乎又会有新的变化了：关键是市面上出现了一本据说是他本人撰写的回忆录《证词》，种种疑问随之泛起。

这让我想起当年聆听他为纪念十月革命四十周年而作的《第十一交响曲》的情景。我院当时的留苏学生回国带来在莫斯科首演的现场录音。全系师生挤在教室里，围着一台放着磁带的录音机先听为快。肖斯塔科维奇天才地用弦乐的泛音和竖琴结合，刻画了冬宫广场前森严壁垒、紧张得让人透不出气的压抑气氛。突然冬宫广场响起枪声，人群爆发骚动四散，紧接着革命歌曲的哀悼，慢慢化为力量……他的音乐造型技巧，真可谓栩栩如生，让人听着犹如亲临现场，也像是在观看电影。整个作品通俗易懂。

当时大家心中就有些质疑，这是大师心中音乐表达的观念吗？我甚至想起罗曼·罗兰《约翰·克里斯朵夫》中的一个场景：这位作曲家演奏了自己创作的一首音乐语言新颖的作品，被听众喝了倒彩，他接着上台就即兴弹了一首儿歌《马勃柳打仗去》。意为你们这帮人只配听这个。联想到"老肖"年轻时总喜欢写一些故作夸张优雅的作品，讽刺官僚的低俗。这是不是故伎重演呢？

于是在我们面前似乎就有了两个肖斯塔科维奇。一个挨了批判，真诚地作了检查之后，写出了雅俗共赏的精品问世；另一个却像是瘾君子似的，一而再、再而三地搞形式主义，屡教不改，即便是受到大众欢迎，却还带着几分讥讽的暗自窃笑。

哪个才是真实的肖斯塔科维奇呢？或者说，他表现出这样的多面性，是否在心理上承受着多方的压力：既得面对社会群众的欣赏、当局政治正确的要求，又不得不应对世界乐坛的新派潮流的竞争？须知当年他正处在现代音乐初期，那时所谓四大金刚——巴托克、斯特拉文斯基、普罗科菲耶夫和勋伯格，还轮不到他呢。

其实关于肖斯塔科维奇的言行孰真孰假的疑问，本身就是个伪命题。因为音乐只能是第一人称表述的艺术。正如莫里哀所说的那样：人们是不会在自己的日记里撒谎的。肖斯塔科维奇所写的作品，即便只是检讨的表态，依旧会流露出来对俄罗斯的眷恋、对人生价值思考的深沉、对未来期待的乐观，要是没有一丝的真诚动情是不会这般感人的。如《牛虻》那段浪漫曲、《第五交响曲》的沉思主题、《森林之歌》中的合唱《像初恋的爱人一样光辉》，之所以传世，其情之切，爱之深，已为广大听众的聆听所检验。

又如四十多年之后所写的《24 首前奏曲与赋格》，人们可以从中感到浓郁的俄罗斯情结。第一首作为开篇的前奏曲和柴科夫斯基儿童组曲的开篇《晨祷》几近相同，同样用了五声部缜密的和弦以及萨拉班德式的柱式织体，这绝非偶然，而是显示着一脉相承。同样的钟声似乎更现实地、更有时代气息地让人感到，俄罗斯的钟声正穿越漫长的历史，就在自家村口的教堂顶楼响起。接着是一句单声部旋律进入，那或许是一片树叶轻轻地飘落，或许是诗人感慨韶光易逝……随后紧接进入的赋格也以各种气息悠长的自然调式表现了这片辽阔大地的纯朴原始之美。在他的音乐中，美好的诗意从来就没有在心中泯没过。

当然，作为一个艺术家，总是有着不断突破自我的冲动，这正是生命力充沛的表现。肖斯塔科维奇从二十世纪二十年代开始创作，尝试过音响主义、错音技术、爵士和声、多调性……尽管这种探索之路走得时快时慢，重要的是，在他的探索中始终坚持着情的感悟和意的表达，也不总是以暴力作为创新的宣言，而是始终通过与母语文化之间的连结而显示出新的语言与传统的内在联系，说明着它的合理性与必要性。

例如赋格曲集中的第十二首《升g小调帕萨卡利亚》，让人有感于它正是通过段落安排之精巧、各声部旋律对比之精美、大局结构的精深，使全曲在主题不变的坚持下，通过织体细节不断变化表现出天道不灭、世界永前的哲理。

而我们又该如何评价历史人物呢？尤其是在一个把意识形态的重要性、把艺术的社会责任感放在绝对压倒一切的语境中，难道肖斯塔科维奇做得不够吗？他在二战中写下的《第七交响曲》，那么鼓舞人心、给人美感的音乐。在贯穿他一生的不断创新的尝试和探索中，始终反对无调性、反对序列主义，坚持音乐的内容性和可解性。这难道不能说明在他心中有着以自己方式去落实的社会责任感吗?

　　对作曲家而言，重要的是他是怎样用自己的音乐证明自己的。肖斯塔科维奇是一个始终走在自我真实中的伟大艺术家，是一个忠于自己艺术良心、永远值得我们敬仰的音乐家，无论水银灯怎样炙烤着他。

来世的谛听

记得英国兰伯特芭蕾舞团访华演出时的海报：一个男舞者单腿跪地，左手指向远方；身后的舞者一手搭在他肩上，另一手曲臂放在自己耳旁，做谛听状。两人的姿态合着就是四个字，"谛听远方"。那么问题来了：何谓谛听？从舞姿造型中，我们可以得到这样的解释：超越现实音响，让心灵获得信息。正如泰戈尔的诗所说的那样："啊，诗人，黄昏将近，在你孤独的冥想中，可听到来世的消息？"

兰伯特芭蕾舞团上演的第一段舞蹈是福金根据肖邦一些乐曲编排的名为《仙女们》的芭蕾组舞，格拉祖诺夫的配器使得乐曲有了不同乐器的音色渲染，更为美丽动听。第一段就是肖邦《A大调前奏曲》。据说是他七岁时所作，虽然只有十六小节，但意境深远，每句结束都是三个同音反复，那是远方飘来的钟声啊！

那么，他们在这钟声里，又谛听到什么了呢？毫无疑问那就是诗呗，"我留神年轻而失散的心是否已经相聚，两对渴慕的眼睛是否在祈求音乐来打破他们的沉默，替他们诉说衷情"。看着芭蕾舞者对肖邦音乐的演绎，这一瞬间我忽然如同醍醐灌顶：诗、舞、乐原本就是三位一体啊。在抒情艺术的表达式中，一切都是隐喻：福金塑造的"钟声"就是幻境，化出虚无的远方，化出诗意的境界，化出对未来的向往；泰戈尔所谓"渴慕"的眼睛，就是一种爱恋，是对人世的爱，对天地之爱，对自由的爱之诉求。

像这样三位一体的诗情表现，在很多综合艺术中比比皆是。我记得看过一部黑白版的英国电影《谍海英烈》，说的是一位姑娘打入德国军事机关盗取情报的故事。电影从头到尾用的配乐就是肖邦的《降E大调夜曲》，每当她回忆战前的爱情往事，想到胜利之日必将来临，这支夜曲就会响起。我们在这首夜曲中听到的是忠诚、坚持、向往。

剧场的掌声让我回过神来，仙女们在森林中的夜游结束，追光定格在双人谛听远方的造型上。我们耳朵听到的现实音响并不一定就是作曲家所写的作品本身，那么我们怎样才能得到"谛听"，获得来世的信息呢？泰戈尔仿佛轻轻地对我说："用你的真心领会，就能得到旋律背后的真情。"我想起很多往事，都在佐证着泰戈尔和我说的话。

记得那时候我已是高一的学生了。虽然觉得所有弹过的作品都很好听，但我常常问自已，为什么只有很少的音乐，例如肖邦的作品，才会让我感受到刻骨铭心、难以忘怀。老师知道我喜欢读诗，所以和我说，简单的聆听只能得到简单的感受，你得像读诗那样去解读，才能感受到音乐的真谛。难怪肖邦被称为"钢琴诗人"。换句话说，不懂诗，不能觉察、体会到生活中的诗意，那便很难得到超越音响的谛听。

有一年冬季下乡宣传"总路线"，我和一位朋友被抽调到歌词创作组。我们躺在打谷场的稻草堆上，从没想到过，在乡间只要找到一隅无风的向阳之处就可以享受如此温暖的惬意。看着蓝天上白云慵懒地舒卷，远处传来哪家孩子依稀可辨的笛声，一瞬间我忽然悟到，这不就是那首《降A大调练习曲》所抒发的情景嘛！原来肖邦的音乐从来不是对实景的描写，而是一种向往，因此它必定是处处都在，但又不是总能被领悟的。

还有一次在萧山，一位朋友带我到湘湖边上的茶馆品茗。正说着这里的青山绿水何等好，不料一阵暴雨突来，倾盆直泻，真像是肖邦八度练习曲那样狂烈，打在顶棚上如千军万马。可不多久却又云开日出了，如歌的旋律随着彩虹升起。原来肖邦的音乐也可能是哲理的表述，因此它也可能时时都在，可能就在你的心上。肖邦的练习曲集就像是一本动态的画册，每一首的意境都让我陶醉。第十一首《琶音练习曲》像绿柳嫩枝随春风拂面而来，在谛听中感受到生命复苏的愉悦；而第七首轻微的和音跳动，则像是湖面上的金光跃动，尤其让人心旷神怡的是中段出现的一段低音旋律，可以谛听到诗人因为美的转瞬即逝而暗生的感伤；在他那首左手始终不变的《降D大调摇篮曲》中，谛听到母亲的慈爱；在《幻想即兴曲》那三连音和四连音的摩擦中，谛听到少年不安的青春骚动；在粗犷的玛祖卡中，也可以谛听到波兰世俗风情的优雅和肖邦对此的热爱。当然，并非所有的肖邦乐曲从谛听中得到的都是可感的意象，在很多乐曲中我们得到的是一种抽象的"情感概念"。

每每弹起那首《降b小调谐谑曲》，我便会想到莎士比亚《哈姆雷特》中的那段内心独白。这两部作品在我看来就是一段相互映照、珠联璧合的诗乐交响：那寻寻觅觅的前奏以犹豫开始，寻思着"是生存还是毁灭"，接着就是长时间的休止符，表示以沉默"忍受无边的苦难"，转而是"挺身反抗"的爆发。接着是不断向上的奔放乐句，为着摆脱藩篱，争取自由的热情不断高涨，这是肖邦最激动人心的旋律。紧接着是一阵阵的琶音对心灵的冲击，突然出现的圣咏般的凝神让诗人反思再三，在休止符中我们谛听到的是沉思和激情对比的戏剧性。

那首著名的《A大调波兰舞曲》中，硝烟翻滚中传来勇士们的马蹄声碎，其中夹着短促的十六分音符节奏，那是激越的鼓声，并且越来越强，我们在其中听到的是英雄性。或许你会对肖邦音乐中如此多的舞曲音型感到困惑，但这恰恰是他的独特语言。这种形式不仅韵律分明、节奏生动，还具有直接的渲染、鼓舞作用，因而被他广泛地用在与音乐实践相融的各种体裁中，时而为插部、连接部，时而又现身于展开部、结束部中。在这样的段落中，我们谛听到的是他的生命力。

我也练过肖邦的《第二奏鸣曲》，最初觉得神秘莫测，难以把握，用舒曼的话来说，"将四个无法无天的孩子捆在一起，以奏鸣曲的名义送他们到原本绝不可能到达的地方"。这部奏鸣曲确实如此：第一乐章短促不安，副题虽然优美，但并不占上风；第二乐章显现出坚定和决心；第三乐章插入《葬礼进行曲》很是令人费解，如果我们用心领悟，或许可以感受到它的气势，这不会是个人的葬礼，而是整个时代逝去的沉痛；而第四乐章更是英魂在墓地的呼啸。只有通过谛听，才能解释作曲家这样安排的意图，也只有在谛听中才能把整部奏鸣曲的各种乐思完整地合成为一个表现时代悲剧的形象，而这样的谛听才能领悟到肖邦音乐创作特征的独创性。

泰戈尔在我们和兰伯特一起讨论肖邦的音乐之美的时候，又在那里轻轻地自我吟哦了："啊，我所求索的远方，你那笛子的热烈呼唤呀！我无暇思索来世，我没有飞翔的翅膀。我的心领会你的语言，就像领会自己的语言一样。"

拱桥上的微笑

　　不记得那天许是因为考试结束得早，还是哪个老师得因公外出开会，总之下午突然有了一片大好时光。不忍看着这明媚的骄阳从身边溜走，江牟提议到碧萝湖划船去，我们这三人死党立刻蹬上脚踏车，一溜烟地驰向长风公园了。

　　那天也有意思，无论走到哪儿总能碰到三个和我们年龄相仿的姑娘，可能她们也是附近什么学院的，因为考试结束得早而出来偷闲溜达的吧：买汽水排队看到，小山上凉亭歇脚碰到，过一会在水族馆的企鹅窗前又不期而遇。

　　我们终于在船码头租到了一条小船。正是万里无云的时分，日头太大了，只好沿着湖边的柳荫下划了一阵。待到太阳也没那么猛了，就索性任小船随波逐流。我横躺在船头，双手枕在脑后，放飞多日来因备考而紧张的心绪。正暗想着，这回不至于那么巧，又会在这条河道里碰到这三位姑娘

一束
金百合

吧。不料当我们的小船慢慢从石桥拱洞穿过的时候，只见一群锦鲤溅起水花，抢着吞食，原来那三位姑娘正俯身靠在石桥栏杆上，撒着面包屑呢。

这已是将近傍晚时分了，夕阳从她们身后散开，无意中看到她们俯身向湖水时，颈上、脸上竟然会有一层微微金光泛起，可能女孩子皮肤上都会有一层类似枇杷果皮上那种毫毛吧，所以会有这样的折射。我们桥上桥下交错、四目对视的瞬间，竟然双方都会相互浅浅地一笑。

很自然地，心里就响起了德彪西的《金发女郎》。（说来惭愧，每每有什么事件发生，心中响起的画外音总是名人名曲，从来不会有自己心中冒出的旋律。）真的，或许德彪西写作此曲的时候，就像我们现在所经历的情景那样，可能正是在河边散步，看到对岸山坡上有一位正被夕阳斜照着的姑娘，带着几分温柔、几分神秘，正是那样的妩媚神态，让这位作曲家有了灵感的吧。

她们长得好看吗？我甚至都不好意思多望她们两眼，但这晚霞、这拱桥、这河水，在这无声中发生的一切，也只有德彪西才会察觉到这些青春少年之间的莞尔一笑有什么诗意吧。总之，这普普通通的情景，竟然会被他写得那样既文静

拱桥上的微笑

又优雅，还带有一丝只有我们自己心里才知道的小小激动。

回到学校，忍不住在琴房里弹了一阵他的《金发女郎》，然后又在键上继续试着，很想也弄个黑发女郎、红发女郎来。这不由得令我想起初中时代的一件往事：那是个冬天的早晨，我们正在琴房走廊边上供暖手的炭盆上烤馒头，忽见许多人纷纷奔向伙房。原来在紧挨着热水间后边的竹篱笆围墙外，一条浅河塘里竟然有一具女尸！她手里还抱着个二三岁的小女孩，女孩手里拿着半个红苹果。我们都是第一次碰到这样的恐怖画面，我挤进去看了一眼，吓得扭头就逃。

奔回到琴房，洪兴早已坐在那里，正在琴上装模作样地即兴呢，那阵子或许也是作曲家传记影片看多了。听他弹着，倒是挺像模像样的，既诡异，又刺激。即刻不耻下问，问他是怎么弄的。他笑笑，说这很简单，接着像是拆穿西洋镜般地解密：三个连续的白键，再接三个连续的黑键，构成一个全音阶①就是了。说完又踩下踏板舞弄了一阵。

这是我第一次接触到的印象派。很快地，我也学会了，

① 一种没有半音而由全音构成的音阶。

而且不止是全音阶，还会玩五度的堆砌、九和弦的平行②，加上踏板的朦胧持续。当然，这其实只是非常幼稚的模仿而已。几年之后开始学作曲就明白了，这种琴上的玩弄，充其量只是杂耍，而真要创作，得有章法进行才行。

而德彪西之所以是德彪西，是因为他能够从生活中发现有趣的意象，并按照他自己的美感秩序使之成形，并让他那些以追求声色犬马为乐的听众，满足敏锐感官的新奇刺激。

所谓"自己的美感秩序"，也就是有着一整套与古典派和浪漫派并不相同的音响符号组织方式。那些老资格的听众，都是按照既有的、被传统认定的逻辑接受作品的。有音乐教养的听众，总是在随乐进展的追踪聆听中领悟这种逻辑，又随之消解这种秩序，从而得到深层的谛听、意义的领悟和情感的释放。

而德彪西首先推出了打破常规的秩序感，一反从巴赫到肖邦以来的音乐，用种种奇巧的手法加以表达，让听众以新的方式接受。用他自己的话来说，那就是"无须按照传统的

---

② 由五度叠置构成的和弦，以及由三度叠置四次，得到根音与最高音构成九度的和弦。

逻辑思索那是什么曲式，然后解读"。不，他的音乐只需直接聆听便是，亦即听到什么，感到什么，那就是什么。他并不追求作品中的几个乐思因为逻辑的发展、地位的相互改变而获得意义，他要求的只是让意象保留在最初获得的情绪中，不明说、不激动，不宣泄，点到为止，并不要求听众听出作品有什么深明大义来。因此他要表现的，往往就是那些在心底深处涌起而自己却还没有意识到它意味着什么的心绪，正如陶渊明说的那样，"欲辨已忘言"。

是的。这种忘言虽是莫辨，却往往让心神恍惚。

比如，你可知道住在学校里的学生，最难将息的是什么时分吗？

那是夜深时分的万籁俱静之中，忽然听得远处琴房还有人在练琴，正是周遭在无以消遣的孤寂之时，特别是德彪西的那首《花饰曲》[3]。那不断下行的五声式音调，只是带着几分古意的遥远，像是清冷的夜风在寥廓中拂来，你以为它想说什么了，但它又什么都没说。在皎皎夜色中留下一片茫然，无法消受这静谧柔美的惆怅。

③ 通常以音译谓《阿拉伯斯克》，很容易产生歧义。它的真正意义是"花饰"。

又如那首《帆》，这应该是一幅绘有船帆的画作留给人们的听感吧。但德彪西的音乐除了全音阶的迷雾之外，什么信息都没有。这要是浪漫派的音画，或许就会热情地展开他们惯用的幻想：它自何方来？又将何方去？或许是艘幽灵船？它有过怎样神秘的航程？或许是一艘海盗船？船上可有他们掠来的珍宝？甚至在高潮部分还会有想象中的战舰火拼，山洞里还有海盗和他们掳来的女奴歌舞……

不，在德彪西的这部音乐里，除了诡异还是诡异，让你在诡异中品味诡异本身的魅力。

不仅是钢琴曲。他的管弦曲也同样如此。《夜曲》《大海》，让你听着，仿佛在夜半时分从海轮的仄小船舱走到开阔的甲板上，只见伸手不见五指的黑夜，远涛的蠕动，那又何须有个清晰的主题、结构分明的织体，强迫自己听出个什么名堂呢？

很多年之后，和友人去九寨沟的路上经过一个沉浸水底已有百年的村落遗迹。那是岷江东岸茂县叠溪镇。据记载，这里先前曾是一个还挺热闹的繁华市集，不料夜深人静时忽然发生地震，山洪又霎时汹涌而至，使得村民们在睡梦中就永寝在水底之下了。现在这里成了一个堰塞湖。旅游部门在陡峭的悬崖边搭了一个向外挑出的平台，供游客观看。在碧清的湖水粼粼涟漪下，戏台庙堂、衙门街道还依稀可辨。平台上还弄了个很大的根雕，这是天然扭曲形成的"人脸"，张开大嘴一副惊恐万状的模样。

我站在平台上沉思着。这景象又会给我们怎样的感悟呢？

对自然的敬畏？对历史变迁无常的恐惧？对生命脆弱的感慨？是灾难终究会过去的庆幸？还是对天道恒久不灭的信仰呢？

也许这些感受都有，它们交错在我们难以言表的情感中。但毫无疑问，由此引起的震撼，并不是通过逻辑推导出来的意义所能代替的。

这时候心里响起的画外音当然就是德彪西的《沉在水中的教堂》了。它仍然是朦胧的、神秘的。不用传统的音乐语言去聆听，德彪西的音乐无疑代表着一种反叛。然而这样的反叛却被音乐史接受了。因为人们已经认识到，对于崇尚理性的时代而言，意义的获取当然是最为重要的精神活动，但情感释放引起的震撼，往往对心灵有着更强大的作用力。正如我在回上海的途中，那恐怖万状的根雕脸面表情始终在脑海里挥之不去。它似乎还在强烈地呼喊。

德彪西，他的美，就美在无可解释，又无须解释的直接感受中，让我们在细腻的意象中得到顿悟。

德彪西的音乐审美方式，与我们中国的意象美学观念颇有异曲同工之妙。凭着不明说、不激动、不宣泄的含蓄，在感受中领受意象之美给我们带来的哲理性的顿悟。

德彪西的美，又让我不由自主地想起碧萝湖上与那三位姑娘的偶遇了。料想那几位小姑娘，恐怕还没走出公园的大门就已经忘记与三位青年的多次照面，而我们三位也同样早就把这次的偶遇忘得一干二净了。然而在说到德彪西的《金发女郎》时，我就会不由自主地想起曾经有过的这般浅浅的微笑。尽管我们之间没有任何的交流，一切只是一个朦胧的意象，但这微笑却沟通了我们的心灵：

处在芳华岁月中的人们，他们是善良的，他们的青春是充满希望的，他们对生活的憧憬必定是美好的。

牧歌变奏曲

　　余生也晚，进入上音附中，已错过它在江湾草创时期那段牧歌般的生活。据说那时贺院长每天在催促起身的晨钟响起之后，第一件事，就是让学生们在大楼前的古树下集合，亲自教唱民歌，然后师生才可早操、早餐、自修、练琴。那时全校同声高唱，此等壮观情景，呈现了我们民族音乐生命的顽强延续。

　　但即便迁到漕河泾，有了新的学校生活方式和学习秩序，贺院长仍然强调要坚持每日一首民歌，"有了积累，才能写好'墨绿的'！"。每次见到我们作曲学生他都会语重心长地告诫，再三关照教务处要给附中安排民间音乐课程。（最初还不明白那"墨绿的"是啥意思，后来听多了，原来是

湖南腔的 "melody[1]"。)教导主任也非常"接旨"，每有训话，必念"拳不离手、曲不离口"的口头禅。

最早给我们上课的是民间艺人丁喜才老先生，跟着他学了半年的榆林小曲。先是学唱鞠秀芳拿手的《五哥放羊》，那是早已闻名海内外，每次外宾来的必唱曲目。接着又学唱了一首"山羊、绵羊、五花花花花羊"，那可爱的垛字垛句，把我们都逗乐了。

下个学期又有民间艺人带教河南坠子，《小两口抬水》《小英识字》也同样那么诙谐，尤其是一口夸张的河南方言还挺有趣的，所以学起来也很带劲。正是少年时光，所学难忘，至今我们都已七老八十，聚会忆旧，都还能同声高唱几段。

1956 年第一届全国音乐周结束，贺老给附中带来了一位十一二岁与我们当时年龄相仿的少年，这是温州乐清地区的一个小牧童，因为以嘹亮的嗓门独唱了几首浙江民歌而受到关注。他来的当晚就为他和另外几个一起过来的民歌手在礼堂开了一场音乐会。其中一首《对鸟》以温州方言所特有的夸张音韵，以及有趣的滑音，使得它的"墨绿的"很有特

---

① 旋律。

色，加上生动有趣的歌词内容，很受欢迎。

从节目单上才知道他的名字叫刘道寄。小牧童一张国字脸，招风耳，肤色黑黝黝的，很有生命力的样子。因为都是少年，所以我们很快相识，一起玩得起劲。那时漕河泾校外的桂林路口还有战争留下的两座碉堡，我们在那里攻守开战，互掷泥丸；夏天还一起赤膊在草地上踢球呢。

但小牧童在附中的处境其实很尴尬，除了和我们一起玩之外，就不知道他平时在做什么了。因为文化程度低，很难把他插在附中的哪一年级上课；要想让他给我们上民间音乐课程吧，这也不可能，因为他只会唱一二首歌，并不可能讲解它们在风格上的特征之类的理论概括。有一阵子想让他安安静静地坐在课堂里接受正规的音乐知识教育，但这也犯难，小牧童不懂事，脾气倔，听不懂就闹着要回老家去。再加上有时碰到一些顽皮学生欺生，他也毫不退让，每以拳脚自卫，不到头破血流绝不罢休。所以不久小牧童便不知不觉地在校园里销声匿迹，不知道去哪里了。有的说他回了老家，有的说转到什么歌舞团去了，更有荒唐的传闻说他是在师大门前的一条河里溺水了。

因为学校对民间音乐重视的氛围浓厚，也因为当时经常

一束
金百合

下乡下厂深入生活，我们常常当众表演一些群众喜闻乐见的节目。所以接着几年的高中课程还在继续学习民间音乐，跟着艺人学京剧，唱评弹，而我们也当作是一技之长来学，很是认真。种种唱腔、咬字，让我们对汉语的美有了更深刻的感受。

更因为我那时又转学作曲了，对民间音乐的采风也十分感兴趣。1964年下乡，老乡们都向我推荐的民歌手，就是我住到那家农户的小叔子。春耕一完，我就请他唱些小调听听。不料他开口就是《十八摸》，把我吓了个半死，费了好大的劲才让他明白我要他唱的是哪类的歌。于是他就唱了很多田山歌、叙事歌、迎春调……我把它们记了下来，并油印出来作为资料分发给一起下乡的同学们。那些清新的音调深得大家的喜爱，为那些"墨绿的"之纯朴和清新而感动，不仅多次被作为素材运用在创作和改编曲中，甚至闲暇无事还会哼上几句，这正是到了贺院长要求的那种境界，民歌成为抒发自己感情的语言了。

不久这位小爷叔肚子里的民歌大概也被我挖空了。有天晚上他从床底下的柳条箱底拿出一本蓝封面的小册子，那恐怕是民间石板印刷作坊出版的宣纸蝴蝶线装本，说是送给我，让我自己去找来看看吧。原来那是一种二十世纪三十年代很流行的唱本，没有谱，只有词。小调、山歌、时代曲，应有尽有。仔细通读一遍之后，知道了民间的语言大概是怎样的风范，比如虚词怎么加，垛句怎么用，惯用哪些比喻，历史传说大抵是哪些故事，等等。于是按照这样的修辞模式，我写了一组大合唱的歌唱。

第二天一早就到陈铭志先生和陈钢先生的住处，我知道他们正需要这样的歌词完成创作任务呢。果不其然，把我写的歌词一读，两位老师大为兴奋，说这歌词既接地气，又有意境，表现的是农民的豪情，而不是知识分子的学生腔。过了三四天他们就写出了一部大合唱《种田为革命》。排演之后，深受我们合唱队员的喜爱。甚至现在说起这事，不少人还会津津乐道，记得二位老师写的曲调和我的歌词呢。

1984 年的夏天，承蒙一位在群文口工作的老同学邀请，说是到江浙一带学习外省市群文活动的经验。第一站就是温州市平阳县，也就是雁荡山所在地。当地群文馆的老张同志前来接陪。我因为已经养成了收集民歌的爱好，一见面便问有否可能采访民歌的专家或歌手。老张不假思索地说："我给你介绍一个。"

"他以前是我们这里一所中学的音乐老师，"老张说，"他姓柳，我们都称他为柳道长，因为喜欢研究道教音乐，又因为孤身一人，所以被雁荡山白云观接到山中去住了。"

"哇！"我们几个一起赞叹起来，"好浪漫的牧歌生活啊！"但他忽然压低声轻说："听人说他以前在上海一所音乐学校待过，也不知道究竟是怎么回事呢。但他很不喜欢被人提及往事，我们言谈中最好不要提这样的话题吧。"听他这么一说，大家更迫切地想一睹这位柳道长的风采了。"那会是谁呢？"我们互相询问着。

柳道长的仙居，其实是白云观下的一个山洞，四面墙和天花板用木板隔挡而成的简陋小屋。除了两个竹书架，一张桌子，一张床，房间里空空如也。我们一行四人一进屋，就把这仙洞挤满了。

柳道长很欢迎我们的拜访。倒真是一副仙相，长垂的白色须眉，但还是衬出他原本黧黑的肤色。我们很快就说到民歌的收集。他谦虚地说自己水平低，谈不上做了什么值得一说的事，只是收集了身边朋友们平日喜欢唱的歌而已。说着就在书架上拿了一册红布封面的笔记本，翻给我们看。那上面的简谱用钢笔写得密密麻麻。虽然写得十分整洁，但也有一些铅笔做的改正记号。翻看了几页，很多都是田野歌曲，插秧歌，打谷歌，其中呼牛调特别多。

当我们问他这里会不会很潮湿，他笑笑："其实在县城我还有一间小屋，我两边换着住住，这里就算我的办公室吧。"他说白云观拨出这个空屋，也是方便请他过来收集道教音乐的。

"其实我也只是小时候喜欢唱歌，但音乐方面的知识并不懂，是后来一边实践一边学习的。"他又拿出另一册笔记本，那是他收集白云观道士们唱诵的经文调子。"耐下心来，就会学一点懂一点了。"

我接过小本子翻阅起来，一张书签映入我眼帘，上面有一张小照，那应该是柳道长二十多岁时候的留影吧？国字脸，招风耳。下面有毛笔写下的两行小楷：

当时只觉是平常　　回首无缘悔断肠

好在当时他正在和其他三人聊别的事。道长应该不会注意到我正在仔细端详这张书签吧？

我们又寒暄了一阵，这才知道他不是什么道长，而是姓柳名導章。想想以前附中也没有见过这样的名字啊。看看天色不早了，老张与我们向他告辞，并准备明天去县文化馆听听他们的合唱。

乐清并不大。没几条街就走完了。很快来到群文化馆的合唱教室，听了老张指挥的一组民歌联唱，署名是柳导章收集。第一首就是《对鸟》，"墨绿的"没有改变，但是改成男女声对唱表演了。我立刻想起二十年前在漕河泾大礼堂音乐会的节目单。现在这位柳导章，会是近三十年前的刘道寄吗？

忽然想起格林卡的一句话："创作音乐的是人民，我们只是把它记录编辑而已。"顿时明白过来，《对鸟》究竟是老道长收集还是小牧童演唱，其实这已经不是什么重要的问题了。

后记：

又是将近四十年过去了。去年我应一个合唱团的约请，按照一项国际比赛必须以现代手法再创作民歌的要求，用爵士和声与节奏，编创了《对鸟》，获得金奖之后，在维也纳金色大厅唱响，得到各个参赛观摩队伍的热烈欢迎，并纷纷要求歌谱。这再一次地证实了格林卡的箴言：我们人民所创造的音乐，它所蕴含的内在美，必将在世界音乐之林中焕发出它永恒的光芒。

黑白天鹅辩

进入音乐学院附中，我踏进宿舍的第一眼，看到的就是柴科夫斯基。那是我上铺室友在墙边挂的一幅他自己画的铅笔素描像。这一瞬间，我立刻明白这是我室友心中的偶像，也是我们这群孩子们心中的偶像；我也立刻意识到，从现在起，自己也是这个群体的一员了，因为我也很喜欢柴科夫斯基。

记得学堂乐歌的填词："青青的绿草地上，是谁走来？啊，它的学名，叫作梦。"

是的，音乐之梦向我走来了，它的名字叫柴科夫斯基。他的旋律总会在我通往帕纳索斯山的路上响起。

虽然在专业音乐学校就读，可那时还没有唱片室，并不是想听什么就能听什么的。记得有一次电台预告中午播放全套《天鹅湖》，同学们早早地从食堂打了饭菜赶回寝室，边吃边听，硬是把这个把小时的音乐听完了。后来新西伯利亚芭蕾舞团来上海演出，我们这伙爱好者组成"等退票"小分队，在陕西路、永嘉路等各个路口布下天罗地网，最后在文化广场汇合统筹分配，亲眼见到了白天鹅终于战胜了黑天鹅。

很多年之后我才明白，这故事另有深意。黑白都是天鹅，隐喻着一些民族潜意识中的原始意象，他们相信"善恶同体"；尤其是横跨欧亚的俄罗斯，连吉祥物都是双头鹰。我们那时并不懂什么深层心理，但相信柴科夫斯基信仰的必定是善战胜恶，因为他的音乐总是那样美。

从《甜梦》到《云雀》，从悲伤的《葬礼》到优雅的《圆舞曲》，柴科夫斯基让我们幼小的心灵感悟这天地之间"美"无处不在。而每首都有题诗的《四季》，又让我们体会到，即便是雪国冰原的雪橇铃声，也象征着生命的欢乐。

很多年之后，我在涅瓦河边散步。那是一个宁静安详的早晨，竖琴琶音般的清风和河水激起的短句，最后汇合成开阔的波浪，没想到心里响起的音乐竟是三四十年前弹过的《五月》。由此我明白了一个道理：美的意象一旦在心中形成，就是毕生难忘的，任凭你后来怎么敲锣打鼓、痛心疾首地发誓要"铲除"它，也是一件不可能的事。柴科夫斯基的形象早就随着他的音乐，深深地铭刻在我们的心中了。

也许这就叫作潜移默化吧：我们无意之中哼哼唧唧流露出来的调子，几乎都是《意大利随想曲》那街边艺人吹奏的小调，要不就是幻想序曲《罗密欧与朱丽叶》的爱情主题。时而如晚风拂动树影，轻微摇曳；时而如月光下的恋人互诉衷肠，窃窃私语。最令人心碎的是尾声，沿着音阶往下进行的沉重低音，那可是锤敲棺钉的声音，是当着听众的面把美撕碎的声音啊！

我们第一次体会到在柴科夫斯基心里还有这样的悲剧情结。当然，这只不过是他在叙述一些历史故事。因此在听那几部悲剧性的序曲时，我们总会在尾声听到如丁达尔光束那样的清明和声从乌云中泻下。我们知道，柴科夫斯基相信的是，即便有什么苦难，那也是暂时的，人间终有希望。

说来也很有意思，我们对柴科夫斯基作品的了解，几乎和自身成长的节奏同步。在涉猎了钢琴小品和管弦乐曲之后，我们竟然也有机会看歌剧电影了，而且在我们这里首先放映的又是柴科夫斯基的作品。

《音乐译文》杂志上有篇文章说，欣赏歌剧不是一遍两

遍的事，而是要反反复复观赏，这样才能从中得到感悟。我
们三个柴科夫斯基的信徒照样做了：《叶甫根尼·奥涅金》和
《黑桃皇后》两部片子至少看了十多遍，几乎每段咏叹调、
每一个场景都能背出来了。那时候我们也长大了很多，由无
知少年变成了有感青年，听音乐时也有更多的代入感了。我
们同时爱上了塔吉雅娜，蹑步到大银幕前给一动不动的她拍
照，那时乐队有一大段不断离调的模进正在进行着，夏夜的
微风吹开薄薄的纱帘。唉，有什么比一个好幻想、有憧憬的
少女正在遥望星空的时刻更美丽呢？

　　我们也欣赏连斯基和奥涅金的咏叹调，却喜欢不起来：
纵有才华横溢、绅士风度，却是百般无聊。

　　记得最后一次看《叶甫根尼·奥涅金》，散场后我们三人
穿过黑暗的街道，领悟着柴科夫斯基是如何诠释普希金的：
"美"竟然从这些原本可以有所作为的青年身边擦肩而过，
这种怅然若失里，又是如此让人心隐隐作痛。

　　这时一场突如其来的倾盆大雨打断了我们的讨论，也把
我的书房打了个七零八落，只剩下一两本谱子。我拨开残破
的书谱一看，又是柴科夫斯基，他的《第五交响曲》四手联
弹钢琴谱！

黑白天鹅辩

　　第一乐章一开始的旋律与《黑桃皇后》中《三张牌》的叙事歌几乎一模一样。这是宿命密码构成的主导动机，它不断反复，缠绕着歌剧的主人公，把他折磨得疲倦不堪。看来，柴科夫斯基大概因为写了格尔曼的悲剧故事，还未摆脱宿命阴影。

　　优美的第二乐章来了。深沉的圆号奏出的忧伤，甚至还有些甜蜜，仿佛是在洗涤什么创伤，有一种痛并快乐着的感受；也有几分像是催眠歌，大概主人公很想就此睡去；恬静的牧歌响起，但愿一觉醒来，发现"过往"已经翻篇了，自已又可置身于清新天地的自由之中了。

　　但命运却不会轻易放过他。它依然如凶神恶煞一般，紧随而至，不依不饶。所幸的是，作曲家可以在自己的幻想中战胜它，因此命运的动机在末乐章里转为凯旋的辉煌，就像忧郁的白天鹅的小调，突然转为大调了。

　　然而，命运真的就是善恶同体的吗？被宿命追杀的生命意志，真的取得胜利了吗？

　　恐怕作曲家也意识到这种胜利感有些牵强而言不由衷。他也知道这只是与宿命苦斗的一个回合而已。恐怕他的内心有什么惶恐，这惶恐驱使他不得不继续写下去，写个明白，究竟是谁真正地战胜了谁。

接下来的《第六交响曲》终于让人们感到，在作曲家两部心路历程式的忏悔录中，"恶"才是他生命的连台本戏的主角。阴暗的前奏重开新一回合的搏斗。命运的诅咒阴魂不散，这使得主题寻寻觅觅，几分惶恐，几分忧虑；接着响起声声仰天长啸，那是对自己一生的悲悯。这时听众可以感到，"善"流露出无力抵抗的软弱，已经没有斗志了。一声惊雷，心灵中的暴风雨和雷鸣电闪骤起，"恶"追踪而至。

圣咏响起，宗教能够让主人公躲避不安吗？

想着也许还能强颜欢笑度日吧？想着在曾经奋斗、功成名就的回忆中求得安慰吧？

然而"美"一次又一次地在音乐中被撕得粉碎。

这是真正的悲剧音乐。终乐章再也不会像《第五交响曲》那样结束，再也没有丁达尔光的垂照了。因为这次说的是作曲家自己心灵的故事，他已经预感到了一切。

柴科夫斯基死亡的真相，我是二十世纪七十年代初在参考阅览室的国外杂志上看到的。对这位引领我走进音乐之门、陪伴我在音乐世界成长、指点我前行的良师益友的逝世，我顿感天崩地裂。

黑白天鹅辩

我的心底即刻响起弦乐在中音区浓重而急剧的颤音，就像《第六交响曲》中感到大势已去的心情，就像格尔曼去逼迫伯爵夫人说出命运密码之前的紧张，就像丽莎投河时心中的悲怆：那是心灵在突如其来的袭击下的颤抖，是精神世界将要坍塌的自危。这些作品中都有这样的颤音，是的，柴科夫斯基可能毕生都在为这样的颤音所困扰，在颤音中挣扎。

在这有着巨大张力的颤音的震撼中，我的眼前掠过一些描写柴科夫斯基生平的影片镜头：他的母亲被庸医治死的场景，柴科夫斯基为此产生的病态的精神创伤，对现实中女性的畏惧……

我的眼前也掠过白天鹅被魔法囚禁，在纱幕笼罩的背景前翅膀焦急地上下扑腾的情景。这景象让我终于明白，柴科夫斯基畏惧的仍然是善恶同体的命运：作为白天鹅的时候，普天称颂给他带来成功；而当他变成黑天鹅了，铺天盖地的道德谴责就会将他毁灭。

柴科夫斯基的悲剧情结，最后竟然说的是自己的故事。

作曲家悲剧最后的丁达尔光是在我们心灵的苍穹洒下的。这是对这位伟大作曲家的怜惜和同情，是我们在伟人祭坛前从未曾体验过的一种情感。他们常常被人们的崇拜所架空，忘了他们其实并不是神，而是人，是真实的、有血有肉的人；甚至也可能是病人，需要我们在崇拜的同时，给予同情和理解。

这份理解就是，柴科夫斯基是一个真正的艺术家。他不仅写了那么多伟大的作品，告诉我们生活有多么美好，而且他还敢于按照自己的方式去爱。倘若需要为此付出尊严的代价，他会毫不犹豫地献出。

可以说，在这个意义上，他也是一位真正的英雄啊！

紫丁香

　　当我把头抬出泳池水面的时候，岸边正放送着拉赫玛尼诺夫的《紫丁香》(*Lilacs*)，恰好到了那句华彩，几个凝聚在树枝上的"颤音"，在微风轻轻吹动的花枝上摇荡，终于一串晶莹的露珠落下。我听着不禁下意识地甩了甩头发。在炎热的暑假里，一早就能听到这么清凉的音乐，一整天都会觉得神清气爽。

　　如果没记错的话，我第一次被拉赫玛尼诺夫的音乐触动，是在看电影《白夜》的时候。

　　这个凄美的故事自有它的隐喻，但我的注意力却被配乐吸引了，从头至尾就是拉赫玛尼诺夫的浪漫曲《旋律》(*Mélodie*)。那时我只是上海音乐学院附属中学的学生，还不会像后来那样"振振有词"地给别人分析这部作品好在哪里。作曲家仅仅靠两个级进音级构成的简单动机，就写尽了心中的温暖、惆怅，表现出一种从容不迫的期待，并由此发展成心灵的呼唤……总之，全然不像柴科夫斯基，一到高潮就三连音，最后一声大镲。

说来也巧，那时候的视唱练耳课，我们唱了不少歌剧咏叹调和艺术歌曲。莫扎特的纯真，威尔第的动情，舒曼的诗意，李斯特的伤感……都让我们喜欢，但最让我入迷的还是拉赫玛尼诺夫。

你听那首《春潮》(*Spring Waters*)！钢琴上那一阵阵拍岸惊涛！接着一串带着褶裥花边似的半音阶慢慢上行，在运行中注入了作曲家细腻的情感，让你看到浸没了沿河林地的春水徐徐漫涨，让你听到坚冰破裂的声音，料峭寒风呼啸着渐渐远去……终于，生命的号角响彻天地：春天来了！随后一串缓慢的同音反复，引出那句柔美的"待春暖花开的时节"。它总让我觉得自己正走在茂盛的果园里，时不时拨开眼前浓密的花枝，微香的清风扑鼻而来……

拉赫玛尼诺夫这部作品之所以震撼人心，几年后我读到书上的话就完全明白了，因为它细致地表现了生命的美：须知这世界本就是属于生命的。无论是大自然的一切，还是一切的艺术作品，只要符合了生命特征，只要显示了它生生不息的成长伟力，哪怕是非生物体的星辰的运转、四时的循环、大海的波涛、春潮的喧嚣，都是美的。

我们的视唱老师善心先生是正宗的"拉赫"迷，让我们唱了不少他的浪漫曲，活生生地把我们也带成了"拉赫"迷。善心先生还喜欢和我们讨论一些课程内容之外的问题。"你们知道紫丁香的花语吗？"彼时大家还是第一次听到"花语"这个词，不禁面面相觑了一阵。她解释道："它暗藏了对初恋的回忆。"而五声音阶在西方音乐中往往又带有一种不动情感的超脱。很多年之后，我看了一部叙述拉赫玛尼诺夫早年生活的故事片，同样以《紫丁香》为名。那么丁香花与五声音调叠加，又意味着什么呢？我们不得而知。

随后，善心老师又带我们唱了那首根据普希金短诗谱写的《别唱吧，美人》(*Do Not Sing, My Beauty*)，随即问道："为什么这首歌在渐弱之后突然以一个强奏和弦结束呢？"我脱口而出："那就是'曲终收拨当心画，四弦一声如裂帛'呗！"她想了一想，轻轻地自言自语道："这倒也是。"然后就说，凡是打动我们心灵的美，如果留个心眼去探究一下，那应该是很有意思的。

这句话让我记了一辈子，但我却是过了很久才悟出了些道理：既然生命是动态的，那随着生命而来的美感也必定是动态的。那种感受虽然让精神愉悦，但等到你意识到这就是美的时候，这一瞬间已经成为过去。所以浮士德要想暂停这一瞬间是不可能的事。想到这个道理，我也就明白了为什么拉赫玛尼诺夫会说："我爱上了我的忧郁。"

　　简单来看，感伤、惆怅、失落，似乎都是负能量。而实质上，这都是对"美"的怀念，这大概就是古语常说的"虽不能至，心向往之"。因此拉赫玛尼诺夫的《练声曲》虽然让人听着心里有微微的痛感，但是美得无可比拟。

　　当然，拉赫玛尼诺夫的忧郁也包含着对宿命的不安、忧虑和对死亡的恐惧，总是一再地提醒人们要警惕命运的凶恶。

　　不管怎样，无论优美、忧伤还是忧虑，那时候要听一部作品哪有现在这样容易？出于对他作品的爱好，我硬是把他的《前奏曲》《音画集》都一首首浏览了。这些经典作品为我提供了许多种情感模式，让我知道何谓"恻恻"，何谓"旖旎"，让我领略了万人空巷的"世俗狂欢"，感受莎士比亚诗里的"淌泪清晓"，体验了拜伦说的让人胸膛胀破的"心潮澎湃"……

紫丁香

在美国的那阵子，晚上我又会梦回上海，穿过复兴路到对面小店买什么东西。忽然大调转为小调。"啊，那是梦。"拉赫玛尼诺夫站在我背后，沮丧地说。

我知道，我这辈子算是完了。我的生活已经被他的音乐套牢，走不出来了。就像一位空想者，虽有善良和幻想，又能成就什么大事呢？但是反过来一想，天下景物、人世情感，如果非得用抽象音响来表现的话，不就是这些高低快慢、轻重粗细组成的各种秩序吗？由此构成的各种模式，也就是苏珊·朗格说的情感概念吧。难怪巴赫的《十二平均律钢琴曲集》能被誉为"巴洛克生活百科全书"，它不仅是当时的写作大成，还在肖斯塔科维奇的手里又成为新古典主义的作曲宝典。

在传统审美的艺术世界里，谁都离不开这样的模式。它不仅应当代入自己情感的符号，也会成为人际关系的纽带。正如马克思所说，凭着《国际歌》的歌声，工人们可以在世界各地找到自己的战友。而我则凭着拉赫玛尼诺夫的音乐找到许多知音。

当年小住洛杉矶的时候，某日我去一家台湾同胞开的钢琴店选琴，在店堂里打开琴盖就弹起拉赫玛尼诺夫的《第二钢琴协奏曲》。不料那经理麦科恰巧是个"拉赫"迷。他说往时在办公室里听到试琴的声音都是《小星星变奏曲》之类，今日店里竟然传来自己心爱的曲子，便连忙出来看个究竟，并且迅速打开另一架电钢琴为我伴奏。那时候我还没见识过这种能够奏出弦乐长音充当乐队和声填充的玩意儿呢。我和麦科弹得十分尽兴，也因此相识，成了莫逆之交。

一个洛杉矶难得的阴天，麦科开车接我到比弗利山庄兜风，一直等到雨轻轻打在车顶的时候，才找了路边幽静处停车听雨。

"我知道，这次第怎是'乡愁'两字了得，"他说，"听些什么音乐吧，你想听拉赫玛尼诺夫的任何作品我车上都有。"

"那就放一首《紫丁香》吧。"

麦科笑了。"思念你青春时代的最爱了吧！"他说。

"是的，我青春时代的初恋，就是音乐，就是拉赫玛尼诺夫。"

一束金百合

我第一次练习贝多芬的完整乐曲——那些简易版的小步舞曲、《献给爱丽丝》之类的不算——应是他的《G大调变奏曲》。那时我正在看《约翰·克里斯朵夫》，眼前出现的正是这位少年在第二卷《清晨》里的模样。虽然《G大调变奏曲》的旋律来自意大利的一支流行小调，但贝多芬在每句句尾平添的几个切分突强长音，活生生地勾勒出了一个涉世未深的"愣头青"形象，满怀朝气地走在波恩近郊的小路上。

后来我又弹了他早期的一些奏鸣曲，觉得那少年走进第四卷的《反抗》了。那些带有附点的向上分解和弦、急速的休止、紧张的同音反复，处处显示着一副桀骜不驯的样子，那应该是1789年法国大革命带来的激情吧。

我一直是这么去感受贝多芬的。

后来，我到干校饲养场劳动锻炼，又因情场失意，一个

◯一束
金百合

同室的老友、以前唱片厂的总编靳柏鹤说休假时带我去他邻居家坐坐，喝喝茶，聊聊天，散散心。

那是冬季的一个夜晚，我们如约来到老靳的朋友家。书房里厚厚的窗帘放下，听不到大街上的高音喇叭声了。一盏落地灯暗淡地映照着，四面墙都是以前挂过什么画卷留下的一块块白壁。看着这《孤星血泪》[1]似的画面，我料想这应该是个书香门第吧。老靳介绍张先生是个作家，他正坐在自己的书桌前等我们呢。女主人和女儿坐在长沙发上陪同，我这才知道是蒙我来相亲呢。我看都不敢看那姑娘是啥模样。

寒暄了，喝茶了，老张倒是很健谈，让我一下子忘掉了尴尬。他说自己喜欢音乐，就是不太精通，不像老靳还是音乐专科学校出身的呢。

"啊？靳老师倒是没有和我说起过呢。"我很快接过话头。老张说他最敬仰的作曲家就是贝多芬。"贝多芬的音乐总让我想起法国大革命。"我说。

老张说评论家考证，认为罗曼·罗兰是以曼海姆乐派作为《约翰·克里斯朵夫》的背景的，因此早期的贝多芬可能

---

① 英国导演大卫·里恩 1946 年根据狄更斯同名小说改编拍摄的电影。

与法国大革命扯不上什么直接关系吧。老靳插了一句:"那是社会学家的努力吧,不然咋让人分出资产阶级上升时期与没落时期呢?"

大家会意地笑了。

老张接着说,自己最喜欢的还是贝多芬的那些慢板乐章。"大学毕业的那天晚上,我反复听着《悲怆奏鸣曲》的第二乐章,肃穆中的沉思,让人觉得路都走到尽头了,接着该往何处去呢?"他是从"人生彷徨"来体会的。接着,他又说到《皇帝协奏曲》的第二乐章,说到《春天奏鸣曲》……

我想着说些贝多芬其他慢板乐章的例子,一则表示同意他的见解,二则表示自己也非浅学之辈吧,所以就提到了库普林小说《石榴石手镯》中以贝多芬《第二钢琴奏鸣曲》第二乐章作为全篇的结束,那是一首缓慢的葬礼进行曲。

老张微微一怔,露出一种"书有未曾经我读"的惊愕。他转过头来问女儿:"米米没弹过吧?"母女俩同时点点头。我又说起托尔斯泰的小说《克鲁采奏鸣曲》中描写的贝多芬同名作品的第二乐章,料想这个例子不会让老张尴尬了。老靳也随之和老张讨论起托尔斯泰如何憎恨贝多芬的煽情。

一个晚上聊得很开心,要不是老靳忘了他的哮喘喷雾器在家，得赶紧去拿，我们还不知道会聊多久呢。看得出这位"未来丈人"对我这个"未来女婿"应该是满意的，米米在给我倒茶的时候也满脸通红。有这样一位可以聊聊艺术的"丈人"，很合我心意呢。

这次休假结束，我是和靳柏鹤一起回饲养场的。那是干校最偏僻的西北角，每期送来三个月短期劳动锻炼的艺术院校教员，他们的第一个节目就是来这里参观，因为这里牛羊猪鸡、瓜果蔬菜都长得很好，而更吸引他们的是可以在这里看到过去著名的演员、作家，以及曾经担任文化、电影、出版界要职的名人。

因为上个月上级部门的关心，提到"文艺战士"在干校劳动锻炼时也应该练习基本功——包括西方教材中的练习曲——以免功夫废了，所以音乐学院即刻送来了一架旧钢琴，放在我们饲养场一间堆放工具的空屋里。这次休假回来，我把仅剩下的半本贝多芬交响乐的谱子带来准备弹琴了。

大概因为窗外有着一片片水田里绿叶紫花的水葫芦衬托吧，我以前从来没有感到《田园交响曲》竟是那样美。简洁而愉悦的旋律让我们仿佛在那翠野芳菲之间漫步，那些不断反复的分解和弦在这里弹来倒不觉得啰唆。忽然我就明白了：贝多芬除了表现森林氤氲的时浓时淡之外，也许还想表现那些雨后的蛙鸣聒噪吧。

没几天，饲养场的友人们都注意到了这小茅屋里飘出的琴声，且看负责人也没什么废话，大家吃过晚饭就会带上小板凳，坐满空落落的工具间，听我和发小练习贝多芬了。

我们的听众，包括一个部长、一个总编、一个艺术协会的主席，以及其他的友人们，几乎都陆陆续续地来听过了。我们弹得不错，因为从来没有那么连听带想地弹奏贝多芬。只是有一次弹到《第八交响曲》的第二乐章，一位小报的老校对，不知道为什么会发疯似的手舞足蹈起来。不过那厮平时就有点傻乎乎的，他的同事称他为"阿聋"，可能他把那音乐当成是迪斯科了，也可能是贝多芬的音乐让长期处在高压之下的一颗单纯而傻傻之心，在精神上得到释放了。

临近岁尾那天，两个负责人都休假回上海了。我和发小一如既往，晚饭之后准备从头到尾把贝多芬《第九交响曲》弹一遍以迎新。没弹几小节，电影厂的小莫跟着进来，说："请你们一边弹，一边为我们解释一下这部名作吧。"

说实话，我也说不清楚贝多芬每一段究竟是啥意思，但是只要乐声一响起，贝多芬和我们，也就是《约翰·克里斯朵夫》扉页上所题献的"各国正在受难中、为着争取自由而勇敢奋斗的人们"，似乎在一起共同经历这场浩劫了。略带忧伤，又有几分温柔的第二乐章仿佛在安慰着满怀希望的人们，而谐谑曲果断坚定的节奏，又在鼓舞着人们奋勇直前。

终于，《欢乐颂》出现了。第一主题以宣叙调暗示，共同命运是人类千百年来的愿望。第二主题则是无限柔美、黎明将至的境界。它不断地被歌咏着，也在进军中成长着，在四方汇集中壮大着。两个主题交替着、重叠着，最后是激动人心的壮丽辉煌的境界。

那晚老靳激动得久久不能入睡。他若有所悟地感叹道："如果说《约翰·克里斯朵夫》是一部关乎英雄成长的史诗，那么《第九交响曲》就是一部关乎人类发展的史诗。"他一边喷着哮喘喷雾器一边说："难怪以前我在音专的一位老师说过，'乐圣'的音乐，应当跪着听啊。"

我后来的休假安排得比老靳早，结果我走的第二天，他就被送去急诊了。等我四天后回来，已是人去楼空。悲痛之余，我读着小莫转给我的他留下的字条：

老凌，谢谢你们在我生命最危难的最后时刻带来的贝多芬，可惜我已经不能再跪着听他的圣乐了。只有一个不情之

一束金百合

请，烦托老弟了：我相信，总有一天你会有机会到维也纳的，请为我在贝多芬的纪念碑前献上一束鲜花吧。此生早已无大愿矣，人间我最崇拜的就是他了。阅后即焚。

靳柏鹤 顿首 西元七三年初

不知不觉，靳柏鹤逝世二十多年了，但他的临终托付却一直没有机会去完成。这次终于有旅行社开放赴维也纳的线路，我立即出发，在一家酒店安顿好住处，即乘38路汽车到终点，再找贝多芬路。这是"乐圣"生前经常散步的地方。穿过这条小路，我终于在市政公园南侧的贝多芬广场找到了贝多芬的坐像。他低头沉思，仿佛又在构想一部新的交响曲。

我在附近的花店买了一束金百合，悄悄地放在它的底座，缎带上用中文写着：

谨将此花束献给敬爱的贝多芬先生

您的中国崇拜者，靳柏鹤敬上

阁楼秋色

　　上世纪六十年代初期，乐坛忽然发起对"音乐中是否可以表现反面形象""写作技法有否阶级性"的讨论。我们那时刚进本科，正是求知欲最旺盛的时刻，什么都想听闻，想见识，什么都想弄个明白。那时刚毕业就给我们教课的成老师还年轻，满腔汹涌的是想把一切献给教学的热血，也看得出，他确实有心把我们这几个门生当成自己的小学弟，于是就让我们到他的家里去聊天了。

　　成老师的住所是在上海老式石库门弄堂里，他的工作室就安置在二楼大房间里搭建的阁楼上。我们沿着木梯爬进他的世界。这里虽然矮小，但并不觉得逼仄。迎面是一个老虎窗，这是光线最好的地方。窗下一张书桌，我注意到玻璃板下有一张勋伯格的自画像，桌子一边是书架、唱机和唱片柜。

一束 金百合

　　"我最近弄到一张唱片，你们猜猜是谁的作品？"成老师带着几分炫耀的神情，说着就放了起来。那是一首弦乐队合奏。最初是中提琴进入，带着平行六度的主题温暖地陈述着，这该是一种深切的怀念吧。随后转入小提琴独奏，带着几分忧伤慢慢展开着，行至高音区时，竖琴清朗的分解和弦进入，让听者仿佛置身于略感寒意的秋色之中，品味万般惆怅，竟是愁满心头。

　　听完之后我们面面相觑，浪漫派的音乐也算是接触过不少了，可都不曾听到过这样美的作品，还不知道这是谁的作品。看看平日里素以博闻强记见称的江牟，他也只是摇摇头，一脸茫然。

　　成老师笑着揭晓，这是勋伯格的弦乐队与竖琴《夜曲》。我们都大吃一惊。作为创立十二音体系西方现代主义音乐的代表人物，怎么可能会写出这么优柔的音乐呢？

　　"听这部作品你们就会知道，这位被称为现代主义四大金刚之一的作曲家，却是传统作曲技法的高手呢。"他似乎说得不过瘾，"我们再来听一部勋伯格的《变形之夜》"，他问我们有谁听过，大家又摇头。"那就注意一下曲子是怎么发展的。"

阁楼秋色

这很显然是模仿瓦格纳式的半音和声推进，形成无终进行的手法。

不料成老师这次却问我们有否注意到这部乐曲的配器，有否听出管弦乐的效果。原来他还玩了一招声东击西的战略呢。这部作品只是一首弦乐六重奏，但不注意的话，仿佛真有木管的润饰，铜管的衬托。

"这说明这些高手不是因为写不好传统音乐才去另辟蹊径的。"他说，"而是为着谋求更新的表现。"

"这肯定是他的早期作品吧。"勋伯格的十二音我们也知道，却没想到他也有一颗诗意的心。"但是为着新的发展，也不至于要去写那些鬼见愁的音乐吧？"我不解地问。

成老师耸耸肩："那是因为以往的传统手法，已经做不出他所要表现的效果啊。"我们听着更是茫然。难道像《月中小丑》①那般阴森恐怖的吟诵，才是他所追求的意境吗？

"当然不是。"金赋很快就理解了。他恰好前一阵读过勋伯格写的一本薄薄的自传《我的发展》。勋伯格的家庭并不富裕，父亲早逝之后，他在银行当办事员，第一次世界大战

① 勋伯格的艺术歌曲。

期间在奥地利军队服役两年。

"欧洲人经历了两次世界大战，人们看到的是遍地死尸、伤残，感受到的是忧虑、悲伤。这样的景象和情感，对他们来说才是真实的，而所谓善的和美的都是艺术家的谎言了。"齐敏一边说着，一边轮流用手指叩响着茶几，有些得意地摇着二郎腿，这是他要说些重要见解时的习惯了。

成老师一边听我们七嘴八舌地说着，一边又找出一张唱片。这次他倒是作了些讲解：

"这是一部只有一个角色的单人歌剧，名字叫《期望》。"他说，"讲的是一个女人在夜间森林里找她的情人幽会。这咏叹调中充满着情绪的变化：对相会的期待、盼望；对可能出现的虎豹袭击的恐惧；四寻不遇的失落和烦躁；无意之中脚下碰到一具死尸，不料那正是她要寻找的情人。"

齐敏对江牟轻轻说，这倒是蛮吓人的。

"这又引起一阵惊愕的呼叫。然后女人先是吻他；忽然想着他曾经对她有过的不忠，又开始愤怒地骂他、踢他；但最后又在抱头痛哭的抚摸动作中，开始胡言乱语地号叫着。"

"这分明就是隐喻啊，"我说。"那女人就是作曲家自己，尸体就是以往的理想，森林就是现在让人们陷入迷茫的现实。"他们几个听着，没插话。我接着说："乐曲通过女人的这番表现，也说明了作曲家自己曾经抱有的理想已经破灭，但还剩下一颗又爱又恨的心。"

"所谓不忠，"齐敏补充，"那就是'假如生活欺骗了你'，但这一代艺术家已经没有普希金那么绅士了。"他用演员朗诵的腔调念着："'不要悲伤，不要忧愁'，等待着'让它成为美好的回忆'。"

看着他的表演，成老师也忍不住和我们一起哈哈大笑起来。

金赋说："我觉得听众应当于无声处去体会那女人剩下的又爱又恨的心，在这些艺术家破碎的梦想中，是有着怎样的无言的悲痛啊！"

"所以有音乐学家说，应当从反面来理解他们曾经有过的审美期望。"江牟说。

我追问他这是哪位说的，他抓抓后脑勺说这倒忘了，回头查查看。

"也许那女人最后的胡言乱语，正是他准备投身到十二音序列的宣言呢。"金赋替他转移了尴尬，大家都说这话有道理！

成老师提醒我们："这种歇斯底里，正是后浪漫派后期的一个重要特征啊：瓦格纳的《特里斯坦和伊索尔德》、R.施特劳斯的《莎乐美》② 都有这种精神高度紧张的变态。"

"所以勋伯格是极端的感性宣泄，"我说，"所以称为是表现主义，并不因为用了数序，就叫理性。"

金赋说："我以前一直搞不懂，现在才明白，具有普遍性哲理意义的，才叫理性。而那种数序手法作曲，其实是知性。"

那天聊得很愉快。离开成老师的阁楼，我们出门的时候还在讨论。

"迫使勋伯格从后浪漫主义走到无调性道路上去的，除了现代文明畸形发展造成的高度精神紧张之外，我觉得还有第二个因素，"金赋刚才言犹未尽，"那是音乐发展的本身规律，也就是音乐史总是逼着作曲家得不断创新，才有可能让作品列入不朽的名单。"

"所以成老师会说，我们做习题的最终目的，其实就是为了有朝一日知道如何避开这些已知的陈规去创新，这已经

---

② 这两部都是歌剧。

成了我们一种创作思维的战略思考。"

"对作曲家来说，这真是本末倒置啊，不去考虑内容，而先把形式放在第一位了。"

"所以叫形式主义呀。"一直走在前的江牟回过头来说，"只是西方人做事也未免太绝对化了吧，花头精玩完了，居然也敢冒天下之大不韪，弄出个多调性、无调性来。"

就这么一路七嘴八舌地走着，不知不觉来到汾阳路的街心花园，索性就在那里的凉亭里歇歇脚了。

"调性是人类音乐实践积累所构成的基石。"我说，"或许，多调性作为这种基石的复杂化，在一定的条件下还能容忍；而无调性则抽去了这基石，那就抹去了音与乐的区别，成为一片音响的散沙了。"

"哈哈，"齐敏说，"好听难听，在这个强调个人审美趣味比天大的现代音乐语境中，作曲家也处之泰然，无所谓。前两天刚看到雅那切克③说的一句话：一部音乐史，就是协和音对不协和音的忍受史。"说着，他的手指没地方敲击了，只好换成两手不住地相互交叉的动作。

③ 捷克斯洛伐克作曲家。音乐风格独特，简洁有力。

　　我寻思着雅那切克的话，真是一针见血。严格复调时代不协和音都必须控制在弱拍上，而且还得前有准备后要解决。到了近代冒出个可以有不解决的温和不协和音。现在到了勋伯格们的手里，不协和音已经彻底被解放。和谐不再作为说明结构的要素与写作的宗旨，作曲家也真是彻底自由了：给你听音也罢、听乐也罢，你都得忍着。

　　"但是所谓创新，只是审美追求的一个方面，并不是全部，而且创新的轨迹也不是一条直线的路径。"江牟说，"前几天成老师和我说起，现在乐坛上已经有不少人认识到，创新并不是音乐的日常，也不是音乐史的全部，它的轨迹也应该是螺旋形的进展，所以现在也开始出现回归调性原则的迹象了。"说着，齐敏的演员腔调又来了："或许当今现代音乐的出现，只是音乐历史长河中的一个恍惚、一下格楞、一次探索而已，但是这一瞬间的犹豫却得花去百年多的时光。但愿经历了几百年发展过来的音乐，千万别就此结束在这种音乐的探索上啊。"

　　"莎士比亚说，假如这就是音乐，天哪，我宁可是个聋子。"我悄悄地补上一句。

　　"哈哈！"他们一起笑了起来，"他到底有没有说过啊！"

阁楼秋色

说起这些，已是很久之前的往事了。当然乐界的进展并不会听取我们这几个稚嫩书生的高谈阔论。古里古怪的花样越来越多，只是这种实验的音乐的听众越来越少。不管怎样吧，我们也不曾把他看成是可恶的敌人，只是佩服他的才能，竟然无师自通，还能著书立说，把复杂的后浪漫时期的和声归纳得清清楚楚，把自古以来的对位讲解得言简意赅，也佩服他的探索勇气，只是可惜有些走火入魔。

而更让我怀念的是成老师的阁楼秋色，不仅是让我们在那里怀念勋伯格笔下那美好的音乐，那些在清朗月光下有着树叶感伤地微颤的夜曲。也怀念我们这些学生能和老师有这般毫无顾忌的畅聊。感叹的是现实时光竟这般地无可挽留，转眼我们都已垂垂老矣，再也不会像当年那般疯言妄语了。但终还相信，凡是写在音乐中和文字中的美好时光，一定会与世长存的。

心中的菩提树

　　小哥进了初中，参加了合唱队。学校发了一本歌集，他放学回来就练。威尔第的《凯旋进行曲》、韦伯的《猎人进行曲》，我就是那时候在一旁听熟的。还有好几首舒伯特的作品：《野玫瑰》《小夜曲》，尤其是那首《菩提树》，像是家居者的祈祷，是对宁静生活的渴望。

　　说来也有趣，每次一进家门，我脑海中便会像电影里的画外音那样响起《菩提树》的旋律。有时也会冒出别的旋律，比如和同学们一起春游，心里就会听到"磨坊青年"一路歌唱的《往何处去》。在水族馆里参观，又会涌出《鳟鱼》的旋律。在很长的一段时间里，这种歌声与行为同时发生的内心之音，大多数都是舒伯特的乐曲，因为小哥那本歌集里不少选曲都是他的作品。

　　耳边的歌声有时候真是不胜其扰，以至于我怀疑自己是不是哪里不正常了。一次，我和一个作家朋友聊起，我问她心中构想人物活动时是否也有这种画外音，她惊讶地看着我说："那怎么可能？！我写作时心中是没有什么声音的。这大概是你们这些作曲家的特异功能吧。"

舒伯特的音乐总能使我从中悟出一些颇为深刻的道理。那些美丽的旋律大抵都有着流动的音型背景伴奏，这仿佛是一种隐喻——我们的精神世界是飘浮着美丽云霞的苍穹，可它是构建在生命时间不断流淌中的。这种流动时而欢愉酣畅，时而凝阻滞涩，有时流过盛世，有时却遭遇浩劫。可不管你是否愿意，你总得经受不同时运的考验，正所谓"不经风雨，焉见彩虹"。

我曾在一个建在贫民窟空地上的棚屋住了一段时间。那原本是一个四面墙以短竹片糊上石灰纸筋的小仓库，靠近屋檐的墙角嵌了一块玻璃，可以透光，脚下是终年潮湿的砖地。住进去的第一天，漫天风雪，那晚我冰冷难眠，心里响起的也是舒伯特。

舒伯特曾说："我的作品都经由对音乐的了解和切身的痛苦而产生，这痛苦的结果至少能给世界带来一丝欢乐。"他的《第八交响曲（未完成）》旋律凄美，但同时也鼓励我们必须坚持活下去。美是生命绽放的张扬，是精神自由的光华焕发。崇拜美、追求美，需要突破心灵的平庸，突破现实的羁绊，无论它以灾难还是享乐的形式给我们施压，都矢志不移。想着生活的波折，想着舒伯特音乐的启示：是的，不可能每个人都曾生活在英雄的年代，在硝烟中奔向战场，建立不朽的历史功勋；确实，不可能每个人都有天分，去完成自己的心头宏愿，就像我这个倒霉蛋那样，心比天高，命如纸薄；但是我们仍然可以有所作为，自我完成。

历史恐怕原本并不会把继承音乐史向前发展的重任交给这个出身于乡村小学校长家庭，又没有机会获得正规音乐教育的自学者的。他身前有高大的巨人贝多芬，身后又有一群狂飙的浪漫才子。当贝多芬已经完成大部分奏鸣曲的时候，舒伯特才开始他的第一首奏鸣曲；而就在他逝世前两年，十七岁的门德尔松已经写出了他那一代人中最纯美的小提琴协奏曲了。但舒伯特有着自己的生活信条，那就是"服从自己天分的安排"。

舒伯特敏感地发现自己所处的时代，诗与歌的关系已经发生变化。随着音乐出现文学化的倾向，他找到艺术歌曲的形式，不像他的前辈们只是把词句硬塞在音乐中，而是诗乐并重，用音调包裹思想，用和声修饰文字，顺着自己的审美性格，写下了以柔见长的刚毅。如果说贝多芬表现了人类刚勇的奋战热情，那么舒伯特表现的则是人类坚韧的精神力量。

那首《菩提树》写尽了人心情爱的最终源泉，而一曲《圣母颂》写出了世上母亲们为着后代忍受灾难的伟力。古诺的《圣母颂》是平静涟漪上的一抹瑰丽的彩霞，布鲁克纳的《圣母颂》是敬献在神龛前一缕飘忽的馨香，而舒伯特的《圣母颂》却是在和声的变幻和旋律的起伏中，让伟大的女性引领我们经历波折，走向臻美。于是我们明白了，舒曼那首号称"浪漫主义第一曲"的《奉献》为什么会以舒伯特《圣母颂》的首句作这首"爱的颂歌"的"跋"。它所总结的就是，没有女性的坚毅，没有她们的深爱，这世界便没有一切。

瑰丽的糖盒

那正是阴霾虽去，意兴萧疏，不知何所可为的日子。饲养场已作鸟兽散，大家也早已各回各的单位。经过这番折腾，朋友们都已垂垂老矣。好在犹如泰戈尔说的那样："我们有了很多闲暇的时光……"所以那阵子只要一有什么借口，我们七号猪棚饲料班全体——一位老导演，一位老作家，一位老画师，还有我们这帮从事摄影、表演和音乐的青年——便会相约小酌一番，把艰难时世的友情放在心中久久抚慰。

小吴从香港回沪，大家就赶来在淮海路"梅馨"和他一聚。只见他从拎包里拿出一瓶法国白兰地，一盒铁壳三五牌，掷桌有声，真是让烟友酒伴们弹眼落睛。趁着聚会，许老知道我已得到政策落实，搬到新家去了，特地给我带来一件特殊的礼物：一只吃剩下来的巧克力空盒。那是他的朋友

一束金百合

从萨尔茨堡带回来送给许老全家的伴手礼。许老说，糖给几个馋嘴的孙儿们吃了，剩下那几张印着莫扎特头像的精美糖纸却舍不得扔掉。师母把每张彩色的锡纸整平了，然后再覆裹一团棉花，让它依然雄纠纠气昂昂地鼓囊着，然后再妥妥地放回盒子里，就像什么事都没发生过那样心安理得。

大家把这糖果衣冠冢相互传来传去，细细端详了一番：锡纸上的莫扎特戴着洛可可的假发，扎着小辫，穿一件大红礼服，衬着白色打褶的木耳领，显出一种典雅堂皇的贵族气派。虽然这只糖盒是个本该废弃之物，但让人看着也真是爱不释手。这在二十世纪七十年代初可是十分稀罕之物呢！许老知道我不会有丝毫芥蒂的。在饲养场的日子里我们早已相互熟悉，甚至都会因为自己在非常时期有一帮睥睨物质的同伴，在艰难中能够彼此扶助引以为豪；也知道从事艺术者，凡是有过什么激动自己心灵的物事，都会无比珍惜。

"放在装饰橱里，可是蓬荜生辉呢。"我谢谢他那么有心。

"我知道你会喜欢的。"坐在我边上的许老轻轻地说。

在饲养场里他睡在我下铺，白日里劳动，腰酸背痛，晚上就睡不着了，熄灯后总和我聊那过去的事情。虽然未曾如王尔德说的"痛哭长夜"，但这些夜话却也足以语人生、话

瑰丽的糖盒

艺术呢。许老记性特好，可以把《翠堤春晓》镜头的切换顺序，如数家珍般一一道来；也能把《童年变奏曲》中每一段用了哪些莫扎特的作品都加以考证——这是一部大约 1955 年美国拍的莫扎特传记片，可惜我们学音乐的都不曾看过。丙午年[1] 前他的小女儿也在学钢琴，当时正在练习莫扎特第十一首《A 大调钢琴奏鸣曲》。"我太喜欢它的主题了，那么优雅，那么纯洁。""听说这旋律是他六岁时候写的，不知道是真是假。"隔了一会他又问我，我都快睡着了。"这就没办法考证了，"我说，"但不管什么年龄吧，我记得马克思的一段话。"（以前独居斗室时只能看经典著作，因此就要求工作人员帮我买了四卷本的《马恩论艺术》，还练习着背诵过这段话。）

　　一个成人不能再变成儿童，否则就变得稚气了。但是，儿童的天真不使成人感到愉快吗？他自己不该努力在一个更高的阶梯上把儿童的真实再现出来吗？[2]

　　"莫扎特的这段音乐之所以让我们感动，"我和许老说，

---

[1] 1966 年。

[2] 马克思著《政治经济学批判·导言》。

"正是它有着童心般的纯情让我们深蕴的善良心灵激发而共振，这也就是马克思说的，想着回返童心的情结在冲动啊。"

"那么，你怎样理解什么叫做'更高的阶梯'呢？"

我也说不清楚，只是常常在琢磨着这段话。

当初进了音乐学院附中，我几乎每天都沉浸在莫扎特的音乐中，不仅自己在弹他的一些变奏曲，师兄师姐们也在弹他的奏鸣曲。而且每个周末还有全院的学生演奏会，可以听到本科学生演奏的包括圆号、单簧管、小提琴各种乐器的协奏曲，那些作品中总有美丽的主题，会让我们不知不觉地记住。尤其是每当外宾来院参观，高中部小乐队演奏的曲目也总会有莫扎特的小夜曲。

那时候虽然没有可能看到被称为歌剧作曲家的莫扎特的歌剧作品，但是视唱练耳课也会有一些重唱的片段练习，久而久之，莫扎特也就成为我们那段岁月的听觉记忆。听到莫扎特纯洁而优雅的音乐，就会回忆起自己的少年时代。想到在漕河泾的岁月，脑海中又会涌现莫扎特的肖像，以及那种天真、温暖、和谐的感受。这或许就是所谓潜移默化吧。

那是个初秋的下午，我和小宋跑到偏僻的第八琴房，那里有两架钢琴，琴厢里还有一叠被悄悄藏在那里的乐谱。拍去封面上的灰尘，我们合奏了莫扎特的《A大调钢琴协奏曲》。

弹到第二乐章，是一首悲歌，当中一段气息悠长的旋律，那是仰天长啸，浩渺心事连广宇，不知道灾难何处是尽头。最后低声部微弱的八度跳音，现在才理解，那是潸然而下的眼泪啊。想起这几年所经历的一切。眼睛不由得湿润起来，强忍着弹完这一乐章，这音乐自此终生难忘。

做梦都不敢相信自己竟然会身处洛杉矶，在一个秋日下午，看着窗外飘过梧桐树的落叶。坐在老同学金夏阳创办的一所音乐学校里，替他做招生考官。

一个约莫九岁的孩子在大提琴上拉了一段极其优美的旋律，显然应该是莫扎特的作品。可惭愧的是二十世纪六十年代起就在农村接受革命音乐教育的我，却从未听到过，只好不耻下问，打电话请教弗兰西斯。他告诉我这是莫扎特作品中最广为人知的一首，作品第618号。他听出我语气中的自惭无知，善解人意地宽慰我，说是这只是我们彼此不同的学习经历而已。我也只好自嘲地接着说：

"多么神圣的和谐，倘若听着它上路云游，此生也无悔了。"

事也凑巧，我回国之后不几天，他也来到北京。某日一清早就给我打电话：

"密斯特林，中央台正在放你的哀乐呢！"他也知道我从来就没有这些忌讳。两人一起哈哈大笑。

也许莫扎特真是将会陪伴我们心灵永生的。

终于在课堂里我也可以和学生讲解莫扎特的杰作，分析他的《安魂曲》了。如果没有这样的音乐，也许莫扎特在我们心里就像月亮一样，只能永远看到皎洁光华的一面，而很难感受到他的戏剧性、悲剧性。在这部作品的第一乐章里，莫扎特不仅为复调课程提供了双主题赋格的范本，而且也让我们听到作曲家对生与死的严峻思考。接着的《震怒之日》显示了雷霆万钧的威力。而最为动人的是第七乐章《流泪之时》，这里不仅有悲哀，而且可以听到面临贫病交加、已知自己时日无多的莫扎特对人生的无限眷恋和对现实的悲愤。

这一切都让我渐渐领悟了马克思说的"更高的阶梯"是什么意思了。是的，纯洁、温暖、和谐、优美、光明、欢愉，总是和忧思、哀伤、伟力、严峻、沉痛相辅相成的。也正是有了这样的平衡，幸福不再是"后来王子和公主过着快乐日子"的童话，而是从磨砺中得到的体验中，焕发出来的精神自由感和创造的愉悦感。

瑰丽的糖盒

　　我很想把这样的领悟告诉许老，可惜他已经作古多年了。但是他送给我的这只瑰丽的糖盒，却一直放在我书房的礼品柜里。我常常在想，我们这批老友若是现在再相聚，那白兰地和三五牌也不是什么稀罕之物了。可见具象之物在不同语境下它的价值是随价格而起落的，而只有内蕴着崇敬和向往的精神象征，如莫扎特的那些音乐，以及附着在这只糖盒上的瑰丽典雅，在以艺术为生命的人看来，才是心中至高无上的永恒珍宝。

林茨城书简

"亲爱的林老师，我们终于来到林茨城了！"

一清早打开电子邮箱，就收到盛若望发来的邮件。他是我二十多年前的一个复调音乐硕士研究生。因为他信奉天主教，我建议他的毕业论文可以潜心研究一下布鲁克纳的几部弥撒曲。不想这下竟让他成为布鲁克纳的狂热崇拜者了。

半个月前他就告诉我，想借着参加女儿在波恩大学毕业典礼的机会，和太太到德国去，顺便来个深度游。

"我们乘船沿多瑙河南下，诚感上天恩赐，此生得有饱览一路风景优美之福。途经布鲁克纳的故乡林茨城，当然要去看看的呀。"他信上说，"昨天中午我们就到了林茨。从中心广场码头上岸，处处都是古城景色，也有许多雕像矗立在街心花园，有的雕像座下还有鲜花。我们在四方石块砌成路面的街道上，步行五六分钟就找到这里的旅游中心了。不用我开口问路，免费领取的旅游指南就以布鲁克纳的头像作为封面，并且把如何前往他的纪念馆路线画得清清楚楚。因为这是林茨人的骄傲啊。林茨是一个人口不到六千的小城，却出了两个世界名人，除了布鲁克纳，还有一个。但是谁都不想提到他那罪恶的名字。因为第二次世界大战，他给全世界带来的灾难让林茨人蒙耻，羞于和他同为乡里。出租车司机告诉我们，来瞻仰布鲁克纳故居的游客虽然不算太多，但一年里总有近千人次，所以他也熟门熟路地把我们带到林茨城郊外一个小村庄。那里有布鲁克纳就读过的音乐师范，有他在那里弹了十几年风琴的林茨大教堂，以及最后人们把他埋葬在那儿的圣弗洛丽安修道院。我们还没走近布鲁克纳在那里度过青春年代的修道院，在山坡下就听得嬷嬷们在唱他的《圣母颂》了。一看日历，才知道今天恰好是母亲节。"

布鲁克纳的《圣母颂》！

这是我永远不会忘记的音乐。当年老荆走的时候，盛若望赶来奔丧，为我送上的奠仪就是这首合唱。布鲁克纳让女声平静地歌咏，用她们的温柔，融化了世间的不安，让周遭的一切归于平静和谐。

我无比感激在我最困难的时候若望为我送来的这支美的

颂歌，爱的颂歌，让我心中的沉痛和悲伤瞬间圣化，如清风白云，向高处飞去。

"布鲁克纳的墓就在修道院教堂的地下室，他的灵柩被安置在如今被称为'布鲁克纳大风琴'的正下方。一般游人都在地下室前止步，在教堂简朴的后园与那里安置的布鲁克纳雕像合影留念。布鲁克纳遥望着远方，很自信的样子。我们献上一束淡黄的菊花，然后沿着修道院边门的旋梯上楼，参观了他的纪念馆。在陈列橱里看到他做的习题了，密密麻麻，好几十卷呢。"

当年我和若望说过这位作曲家的生平：布鲁克纳十二岁丧父，家境贫穷，他不得不接替可怜的父亲生前为养家糊口做过的所有繁重工作——乡村教师、教堂歌手和管风琴师，此外还包括每天清晨四点起来敲钟、打扫，到地里挖马铃薯、在谷仓前垛干草……这幼小的心灵怎堪如此重负啊！这让小布鲁克纳变得性格忧郁，很少与人交往。尽管圣弗洛丽安镇离林茨城不远，但他的音乐学习与十九世纪的维也纳音乐风尚全然没有一点关系。这也使得他成为专心于圣乐的虔诚信徒。

尽管他在少年时代就写了一首管风琴前奏曲，显示出音乐的才能，可是并没有得到什么鼓励。这位胆怯的孩子也就此缺乏自信，写完的作品要在抽屉里放好几年才敢拿出来。所以他的一生都在孜孜不倦地埋头做练习，惴惴不安地修改作品。

"我记得你曾在课上用雷格尔的话勉励我们班上的同学，"若望写道，"一个作曲家至少要做一千道和声、五百道对位、三百道卡农、一百道赋格。并且你当时就举了布鲁克纳做例子。"想不到这些话倒给若望亲眼证实了。当然，我也知道这些箴言对于我们学校的学生来说，他们绝大部分是做不到这些要求的。其实我也知道他们要做的事很多，但每周我只不过是布置四道习题而已。可不管和声还是对位，学生都要哇哇叫起来，抱怨忙得没有时间。若望现在特地提起布鲁克纳做的习题，大概不只是证实我当年说的话并不是信口开河，而是隐隐表示现在心里的一丝惭愧和后悔吧。

"纪念馆的解说词上说他一天起码有七小时做题和练琴呢。我们也看到他手抄的全本巴赫《赋格艺术》谱子了。我告诉女儿，我的老师也做过这样的壮举，把巴赫的三百七十一首众赞歌都抄下来了呢！"

这事他居然也记得。虽然手抄乐谱也是无奈之举，但一遍抄下来，倒真是终身受益：抄写时暗自猜测这些声部将会怎样进行，巴赫随后会让它们构成什么和弦，等等，大部分都能猜中，这就渐渐地成为一种直觉了。所以很理解抄谱的好处。我告诉若望，现在有复印机了，当然是不必抄写什么乐谱的了，但是经典的谱例，不只是要看，而且有能力的话还要弹，还要记在心中呀！

"昨晚我们还在市政府音乐厅听了他的《第四交响曲（浪漫）》呢，现场的效果和音频真是完全不一样。尤其是结尾部分，非常激动人心。想起当时林老师和我四手联弹的情景，真是终生难忘。"

他这么一说，我不禁想起自己当初又是怎么会想到去听布鲁克纳的了。

那是当时正在唱片室出借处工作的倪先生给的暗示。这位倪先生按辈分算起来也是我的大师兄。二十世纪五十年代和他的一帮子同学都被称作是才子，写过些作品还在世界青年联欢节得过奖呢。奈何因年少气盛，写文章写了一些不该写的话，去了北大荒。回到上海，光景不再，后来被安排在唱片室的出借处工作。

那天他见我在布鲁克纳的目录卡片前犹豫了很久。一方面这位作曲家的作品除了交响乐和弥撒几乎就没有室内乐、艺术歌曲之类的体裁，即便是交响乐，也没有标题，也不会写带有情节或造型性的交响诗。对于一个兴盛浪漫作风的时代而言，这样的作品目录也未免太不合时尚了。

许多评论家对布鲁克纳的评价并不高。作为作曲家，布鲁克纳远离社会，生活在自己的宗教幻想中；加上生性孤僻，性格内向，他的音乐几乎千篇一律：所有的作品都是鸿篇巨制、纪念碑式的赞美。这就使得他的作品缺乏生趣，几乎要过很久才会被听众勉强接受。这并不是赞誉他是超越时代的先知，而是说他是完全置身于时代之外的古董。用保罗·亨利·朗①的话来说，布鲁克纳简直就是个冥顽不化的出土文物。

但是后来去了加拿大的洪兴却是几次给我来信，都说布鲁克纳的作品是一定要听听的，他自己就非常欣赏布鲁克纳音乐的虔诚和真情，还想和我讨论讨论呢。其实我还是很喜欢听布鲁克纳写的那些小型宗教合唱的。那种神圣感，是通常所谓的真善美难以企及的心灵体验。

———————

① Paul Henry Lang（1901—1991）美籍匈裔著名音乐学者。

倪先生当然现在是火烛小心，不敢说什么的了，但是对我这个师弟还会悄悄说上两句，说自己常常会在已是黄昏独自愁的时分，听听他的《第八交响曲》。

这部交响乐的初稿刚完成，布鲁克纳就遭到他身边最贴心朋友们的批评，这使他沮丧到了极点，不巧又碰到婚事吹了、母亲走了、写作败了，他甚至还想就此自杀算了。但毕竟对艺术怀有高度的使命感，最终他挣扎了过来。虽然这部乐曲像他所有的交响乐那样，一开始总是云里雾里的，那是彷徨、失落，是他的心灵正处在生死间的搏斗，就像是游走在地狱中的但丁，怀揣着不安和苦闷。终于在第三乐章出现了微弱的希望，并渐渐引领人们走向净化，最后达到灿烂的境界。

作为一个批评家，我想保罗·亨利·朗的意思是对的，布鲁克纳的每部交响乐确实几乎都一样。一个对世事无动于衷的虔诚天主教徒，他能想到的恐怕也只有这些了。但是作为一部交响乐，每个听者却又会因为遭受的不同境遇而自我代入，得到亲临的感受。比如倪先生举目无亲的独自聆听；比如人们在风雨满楼时分的聆听；忧虑着艺术园地将会被怎样地"犁庭扫闾"的心情下聆听……不管怎样，听着布鲁克纳的音乐也算是一种安慰吧，因为最后总有个光明的花圈呢。

　　"我们在陈列馆外的休息大厅里听着他的弥撒，并不觉得有什么晦涩。那是非常明确的和谐、对幸福的向往，就像马勒在他乐谱上用红笔改写的题词所说的那样，'这是为受苦的心灵，为渴望净化灵魂而作的音乐'。

　　匆此即颂

诸事顺遂

　　　　　　　　　　　　学生盛若望敬上

2023 年 9 月 4 日布鲁克纳生辰纪念日

酡红的醇酒

那年为着招生去了厦门，工作结束后，正在那里艺校教琴的老友曾一嶂，力邀我去他在鼓浪屿的山居一坐。恰逢暑期大嫂带着孩子回娘家去了。一嶂就在附近的黑猫饭店叫了些外卖酒菜，准备与我好好畅饮叙旧一番。

鼓浪屿是没有交通工具的，跟着他穿过热闹的街市，又经山间的小路才到他的隐世宝地。楼下是厨房，客厅在二楼，房间不大，一架钢琴，两张单人沙发，一个玻璃橱，橱里随意地放着一些奖章、纪念品之类的，此外也没有什么特别的布置，只是白墙上挂着一张鲜艳的海报，大概是多年前什么地方以勃拉姆斯名义举行比赛的广告吧，最醒目的是画面右上角的大胡子，带着几分不屑的神色审视着这客厅里的来客，似乎不相信有什么人会真的理解他的音乐。

从酒柜里拿出一瓶酡红色的葡萄酒，曾一嶂说这瓶好酒放了很多年，他幽居在这山上也没有机会和什么人共饮分享。同学多年我不记得他有什么善饮的嗜好，没想到多年不见，竟有如此大的变化。可是我从来就不觉得饮酒有什么快乐，更不用说细品其味了。好在我们仍然聊得很酣畅，善饮少饮都痛快：从问起江牟、齐敏一班老同学近况说到他和艺校新同事的相处，从漕河泾康健新村说到东平路爱庐园，从罗曼·罗兰说到德沃夏克——我还记得他高中毕业时拉的就是德沃夏克的大提琴协奏曲。

酒足饭饱，曾一嶂忽然说："其实勃拉姆斯的《第二大提琴奏鸣曲》也不错。"一边说着一边就去拿谱子。"你当年好像是不怎么欣赏他的吧，"他竟然还记得那时我没耐心和他合作勃拉姆斯《第一大提琴奏鸣曲》的事，"这首我们合合看，你就会喜欢了。"

或许是不胜酒力，或许说到我当年的愚蠢了，不禁觉着自己脸在红呢。"咳，小时候懂啥呀，都是看了一些肤浅的音乐普及书的胡扯，说他的音乐晦涩。其实那时候连啥叫做晦涩都不懂呢。"我说，"再说当时视谱能力也差，这大胡子写得又复杂，动不动就一大串三度六度平行的，键上摸起来总觉得很不顺手。所以在曲集中只要一看到勃拉姆斯，三下两下就把谱子翻过去了，可没想到现在最喜欢的倒还是他作品呢。"

一嶂兄倒是货真价实的"勃迷"，老朋友来看看他都不忘拖着一起合奏。不过我们从小也习惯了以凑合着视谱为消遣，酒后以此为乐也是很自然的事。

看到他给我放到谱架上的乐谱，这曲子以前倒是没有接触过。一开始是钢琴震音背景上大提琴热情地呼喊。副题是钢琴上出现了像是肖邦《八度练习曲》中段的那种三部对位音型，右手八度中夹着缓慢的旋律，左手三连音的琶音，其中又镶嵌着一条隐伏的线形。这倒可以作为很好的音型化复调的谱例呢，给学生看看怎样在平静中交织着几个线条，通过节奏交错的方法，让激情的音乐得到控制，予以气息悠长的发展。不像很多浪漫派那样，不到三分钟就开始穷凶极恶，非大轰大嗡宣泄不以为满足。

第二乐章是大提琴情感极为丰富的歌咏，在钢琴的伴奏下诉尽心中无限事。这又是复调的交织，让如怨如诉的情感得到抚慰的平衡。后面热情的第三、第四乐章视谱就费力了，但大概的轮廓还能抓住，浓厚的和声与摆动的节奏音型频繁地交错，就像我这种不胜酒力者的血管里，两杯红酒开始蒸腾。

晚上我就睡在他为我预订的黑猫饭店客房里，听着海浪拍岸和轮渡的鸣号，入睡也难。心里想着往事，想着一班老同学和我，也想着勃拉姆斯和我。

自从本科毕业后我们这批死党就各奔东西，虽然那年头六亲同运，但遭遇各个不同，以往每人心中崇拜的大师料想都已换位了。以我来说，虽然自幼就欣赏才华横溢的普罗科菲耶夫，但渐谙时世之后就更多地感慨肖斯塔科维奇的应变能力，也佩服他的作业照样能写得很出色。但心中的神龛位置，却不知不觉地为勃拉姆斯所替代了。特别记得的是，有一次踩黄鱼车要越过天目路旱桥，那可能是上海最陡的桥了，满车沉重的钢板——那是为着给文艺战士做唱台用的，我全身站在脚蹬上都止不住车辆向后坠滑。这时突然发现给自己打气的画外音是勃拉姆斯的音乐，他的《第四交响曲》末章恰空①的几个沉重和弦。那是一种要以坚定步伐走完苦难历程的决心。随后乐队出现的宏伟的旋律，仿佛满世界都向你投来了同情，但最实际的行动还是要通过固定不变的和

---

① 以一组和声进行为固定不变主题的变奏曲。

声进行，才会有咬定青山的顽强毅力，克服一个又一个的难关。过了这座旱桥我觉得自己也就此成了勃拉姆斯迷。

第二天趁着黎明，起早攀登日光岩。到了山顶时天色还有些阴翳朦胧，很快从乌云的隙缝中就迸射出神秘的丁达尔光[②]，照耀着山、海、岩、林，照耀着隐藏在树丛的那些多彩的屋顶。周遭变得如此美丽。而我心中也同时响起勃拉姆斯《第一交响曲》末乐章序奏的号声，这旋律是他送给克拉拉的生日礼物。此刻真是切身体会到他填上的诗句：

> 山高水长，我为你献上一千个祝福。

踏着这乐章隽永凝练的深沉主题——这被史家说成是贝多芬《第十交响曲》的开始，一路下山，满怀着一种自信、幸福感。说真的，这辈子很少有音乐能够这样填满我的心胸，像画外音似的点明世界的美好，提醒自己本该就是充满力量的人，因此，我们有一千个理由为此迎接任何困苦。

是的，这丁达尔光从乌云隙缝中迸射的镜头，以及心中的画外音，是一直照射在我心中的。在那些没有钢琴的日子里，我不得不上门教琴，借授课在学生家里的琴上稍稍动动

[②] 以云雾山峦树影为前景遮掩而四射的光线。又称耶稣光。

手指，悄悄弹弹想念很久的音乐，哪怕几个单音也好，因为我怕自己有朝一日会忘记那种贵族般的高雅音色。

记得有一次为朋友的孩子伴奏勃拉姆斯的小提琴协奏曲。这首作品以前也不熟，不料一路弹下来竟是如此让人迷醉。第一乐章主题旋律有着圣咏般的沉稳，时而又有欢快的音调带动我们的热情。而最美妙的是第二乐章，充满童稚般的天真，仿佛在诉说一个古老的故事。它并没有那种令人绝望的悲哀，虽然这历史一路曲折跌宕，是这般的沧桑，让人不免有些唏嘘。幸亏有欢乐的回旋曲垫底，让人觉得这世界还有希望。

这些日子里我也去过一个医生家给他女儿上课。那是在弄堂的尽头，关上窗、拉起帘倒是不会声音外泄。趁着他们让我喝茶的时候随手翻翻在琴头上放着的一叠谱子。第一本就是勃拉姆斯的钢琴曲集，纸页已经脆黄，也不知道它们以前有过怎样的故事。其实这本谱子以前我也有过，当时视谱就是嫌升降记号太多懒得去看。可如今一切都已随风而去，残页都会当作珍宝，每个音更会仔细地品味了。

打开第一页就是《降 E 大调间奏曲》，旋律夹在黄昏钟声的回荡之中，安详而甜美；中段是六个降号——当然如今弹来已觉如履平地，想着勃拉姆斯是用它构成的调性色彩，带来一息古早的意境，既遥远如梦，又萦绕在心，竟是挥拂不去。

学生有时也请我弹弹这本曲集中的狂想曲。乐曲一开始便是热情如炽。接着是勃拉姆斯所惯用的变奏手段，时而把它化作民谣般的纯朴，时而又是奔放的歌唱。第二乐章也是不断的推进和热情的呼喊。

前不久看一部电影，其中有一段是一对情侣在咖啡馆重逢的伤情，导演用了一段勃拉姆斯的间奏曲，听着既是暖心，又有几分惆怅。一嶂过来在黑猫的大堂与我共进早餐，于是说起那部电影，说起那段间奏曲，我问他觉得勃拉姆斯的音乐究竟是一种怎样的音乐。一嶂从来就是敏思慎言的家伙，他说让他好好想想。等我回到上海，过了几天才收到他的微信，说是勃拉姆斯的音乐，就像罗曼·罗兰在歌颂友谊时说的话那样，那是一种沉着的爱，没有骚动，没有嫉妒，却能让你神采飞扬，让心灵充满自信。这正是身处浪漫时代的古典艺术大师的审美诉求，以弘扬智性为己任，而不以宣泄个性为借口，强迫他人接受自己的喜怒哀乐。

过了一天，他似乎言犹未尽，又打来一段微信作为补充,"勃拉姆斯的音乐,是醇厚香浓的烈酒"。接着,仿佛是揭晓谜底,解释那晚我访他山居小酌时,他何以竟会出我意料地打开那瓶珍藏多年的红酒:"其实我也不会饮酒,那晚也是他乡遇你这故知,难得的一次放纵;同时也有些好奇,很想知道,何以这绛红浓醇的酒浆,流到我们的心中,却会慢慢地升起恒久的火焰,甚至终生不灭。"

童声再现部

虽然自觉身体一切都很正常，眼不花、耳不聋，即便不敢说自己还能健步如飞，但口腹之欲仍如往常，但多次发现，在任何随意组合的聚会场合中，我竟然总是年纪最大的一位。不得不承认，不知不觉中，老了。

当然，老了没什么不好，有无数美丽的诗歌和旧日歌曲安慰着，即便是伤感也很美好啊。是的，我会像现在一些电影常用的分身手法那样：让自己置身于孩童时期的种种情景中，好奇地看着自我，那时候究竟是怎么做的。

每每让我梦回最多的镜头，竟然会是在外滩北京东路二号电台大厦的门口，我们欢蹦乱跳地从大巴下车，小心着不让红领巾弄皱了，紧跟着李老师身后，规规矩矩地走进《儿童歌曲教唱节目》的播音室。那天教的就是李群刚写成的那首《快乐的节日》。李老师唱一句我们跟一句，大气不敢透

一束金百合

一声，直到隔音玻璃窗上的显示灯转成绿色才把提着的心放了下来。

时正五月，春光明媚。那天恰好是周六，直播完了之后谁都不想就这么回去，李老师也知道孩子们好不容易出来一次，于是带着我们，如歌词写的那样，"来到花园里，来到草地上"。江边的和风吹来，隐隐还能闻到花香。围成圆圈玩了一阵丢手帕的追逐游戏之后，李老师告诉我们音乐学院附中正准备招生的事。我和一些同学听了都想去试试。很多年后我才忽然悟到，李老师的这番话，就是我"来世的消息"啊。[①]

分身术也会让我站在当年文化广场的舞台大幕前，看着一群孩子兴奋地站在炙热的水银灯下，赖广益先生正在紫色的大幕拉开前再三叮嘱"要像嗅一朵玫瑰花那样"；分身镜头又会让我随着孩子们的目光从唱台上向听众席望去，那里竟然是黑压压一片，什么都看不见。倒是乐池里每个谱架都有一盏小灯，杨嘉仁先生向小号手一挥，于是歌声

---

① 泰戈尔的诗句："啊，诗人，黄昏将近，在你孤独的冥想中，可听到来世的消息？"

就随着小鼓和号声唱响了，我又仿佛忽然站在田野上，看到冒着初春酷寒来到田野的少先队，唱着肖斯塔科维奇的植树歌声登场……

确实，童声合唱的场面是我此生回忆得最多的镜头。想来这也应该是一种内心因感受到幸福而在心中浮现的象征符号吧：无忧无虑，在歌声翅膀的鼓动下，天真地放飞着对未来的憧憬。

这一飞就是四十多年。想不到二十世纪九十年代，竟然又会和当年指挥我们合唱的马革顺先生在唱台前重逢。这回可不是分身术，而是确确实实地身处"春天合唱团"的排练厅里，听他对我与几个朋友一起创建的这支队伍进行排练指点。怎料又过二十年，我还是确确实实地站在童声合唱队前，但却看着自己的孙儿站在"中福会小伙伴合唱团"中，唱他爷爷写的儿童合唱了。

尽管往日里总是怀有雄心壮志，想着会写交响乐、写大歌剧，可是无论幻梦里、现实中，却又总是与童声合唱的画面紧密相系，看来这辈子是注定和童声合唱结下不解之缘了。

说来万事也是上天注定吧。早些时候不管是什么创作都

一束
金百合

没有插手的资格。后来总算有了一份教书匠的差事，忙着绞脑汁、弄文字，还得逼着自己著书立说。幸亏到了闲暇之时，也是命中注定与童声合唱的缘分吧，让我与几支歌队有了联系。

对作曲者来说，能够与唱得好的合唱队紧密合作，也是件很愉快的事，因为我从来就相信，作品的生命是掌握在表演者手里的，作品在初次排练之后能够即刻听取他们的意见，随时改进一些自己考虑不周的细节，这也是一种天赐的缘分吧。因为没有这一步，我不相信自己会有功力一字不改就能写出引人入胜、具有生动效果的作品，所以也很珍惜合作的机会。

就这样，我的音乐生涯竟然是个圆，经历无数变化，现在进入了以童声合唱为特征的再现部了。

而且这个再现，还是个动力性的再现部，[2] 比起先前的呈示部，它有着极大的发展呢。例如七十年前随着李老师到电台去教唱的那首《快乐的节日》，只是一首单声部歌曲。

---

② 乐曲结尾回到乐曲最初呈现的乐思和调性等要素的部分称再现部。若这一段落比起最初呈示部分有更大发展的形式，可谓动力性再现部。

没想到七十年后再唱它，孩子们都能适应我写的改编版中各种织体变化和多声部的进行，这不仅是三六度和声音程的平行，而且还有固定音型节奏与歌曲旋律的对峙，以及不时穿插其中的造型性音调。虽然难度并不算很大，但如果没有这些年来我们国民音乐素质教育的提高，恐怕演唱起来也并不容易。

当年初创"春天合唱团"的时候我就发现，孩子们的接受能力，其实是远远超出我们预估的，尤其是面向那些可以得到专门训练的队伍。因此一开始就可以通过丰满的三声部合唱，培养他们的和声感，也应该通过声部进行的多样变化，让他们熟悉种种织体样式，获得声部独立和承担不同结构功能的意识。

其次作为歌唱艺术而言，尤其是作为中华文化，必须充分注意到显示汉语的音韵美。虽然在早期编写的合唱曲中，较多的是通过学堂歌曲式的填词，借鉴了许多西方音乐注重和声背景以及节奏安排等技巧，但在这次的"再现部"中，我更注意到中国艺术传统的审美对孩子们心智发展的重要性。

采用古典诗词是重要的熏陶。孩子们在语文课本中就已相当熟悉含蓄的词语对意境的表达，他们也有很强烈的愿望想着用音调歌唱出来。因此写作中十分强调古汉语四声的音调布置，以及演唱中借用传统的归韵吐字手法。

正是从技法演绎能力着手，孩子们对合唱歌曲的理解、感受和表达能力大大提高。

例如将黄庭坚的《清平乐·春归何处》作为幼年小班的基本训练曲目。因为诗人在这首词中用了很多不同语气，有呼唤、有追寻、有叙述、有想象，无疑这些语气本该就是音乐最擅长表现的内容了。我想着或许可以尝试写一首宣叙调样式的合唱。然而实行起来并不容易，因为不同的语气有丰富的音调变化和不同的速度转变，这就需要让孩子们找到内在的整体统一性，不至于败给零散。排练下来很高兴孩子们都能有所感悟和把握。

我对家长们说，相信你们一定会发现，孩子在合唱团里几年得到的收获，是同龄的孩子不能比拟的，别看他们只是初级班，却在韵律暗示下，很快就能懂得了什么叫"对比"和"统一"，什么叫"主次"与"控制"。

另外值得一提的是孩子们在演唱《四君子组曲》中得到的感悟。众所周知，梅、兰、竹、菊历来代表中国文人的风骨。但作为完整的组曲，就不能只是如诗中表现的那种孤芳自赏、自鸣清高的境界，那是不能概括出中华民族精神全貌的。因此，它就得是像通常四乐章作品的结构那样综合表现，集中为四种不同的音乐意象。第一乐章《咏梅》，集中写出生命重生的欢乐喜悦；第二乐章《幽兰》，集中写出中华民族审美的取向之一，对含蓄雅韵的看重；第三乐章《竹石》，主要表现意志的坚定；第四乐章《题菊花》，写出我们敢于面向未来的英豪气魄。这套节目由小伙伴团班次最高的队伍演唱。他们在演唱中也确实有着很好的领悟能力，加上指挥林放的细致处理，每段的意境都十分到位，特别是归韵的把握，使作品所具有的中国气派得到完美表达。

当然，与此同时合唱团的一些基本功也在不断提高。例如《初心》《我们的摇篮》《五星红旗畅想》等现实内容的歌曲，都有两个主题互动的复杂曲式结构，发展段落也运用了赋格技巧的展开，而《鸿雁》更有八个声部的交错。通过这些曲目的练习，合唱团的表现能力也大大发展了，胜任各种内容和技巧的曲目而受到关注。无伴奏演唱版本的《踏雪寻梅》更是通过复杂的和声，使黄自先生原作那绚烂色彩和暗香四溢的意境得到显示。许多朋友听了之后告诉我，真的闻到那清香了！尤其是最后余音袅绕，更是把这寻梅的雅兴在音乐中满足，在心灵中停留。

《小鸟、小鸟》的原曲琅琅上口，孩子们都喜欢，被改编成大型合唱时加了丰富的变奏，甚至有一段难度很高、带有花腔的"cadenza"——炫技华彩乐段，很高兴在富有经验的青年指挥俞利佳的执棒下，被轻而易举地拿下。

说到我此生的这个"童声再现部"，不禁又会想到马克思的那句名言："一个成人不能再变成儿童，否则就变得稚气了。但是，儿童的天真不使成人感到愉快吗？他自己不该努力在一个更高的阶梯上把儿童的真实再现出来吗？"③

我一直在琢磨其中所说的"更高的阶梯"。终于明白它的意思了，用我们音乐的术语而言，那就是"动力性再现部"啊！

③ 马克思著《政治经济学批判·导言》。

量子纠缠的灵犀

阳光明媚的下午，有什么比坐在室外咖啡桌前聊天更惬意的事呢？此刻，我正和中科院的老徐一起享受着微风徐徐，任话题海阔天空，其喜洋洋者矣。

前两天我看到一些量子力学的文章，怎么都看不懂，便想请老徐给我做个私人定制的普及。老徐一听，哈哈笑了。他说："你大概是被那些'波粒二象性''紫外灾难'之类的名词怔住了吧。其实像你们这些'门外汉'，不必知道那么多，也不必从头说起，就像我问你勃拉姆斯的交响乐，你非要从帕莱斯特里那说起，那种冬烘先生的学术腔调真的很令人讨厌。你只需要知道量子是微观世界中一个不可分割、独立恒在的微小单位就可以了。因为太过微小，它只有能量，没有质量；只有形态，没有形状；只有数量，没有大小（大小是人为创造的主观概念）。量子只存在于空间而不占据时间，量子之间只有远近，没有距离。假如微观世界可以放大，那一定就像夏夜的星空，量子大概就是那些光点，散乱地飘忽在浩瀚的宇宙中，神秘而不确定。"

"你说得这么玄乎，恐怕符合这般性状的只有我们看不见、摸不着、说不清、道不明的思想意识了。用这样的概念来探讨音乐活动，那就是在分析音乐的灵魂啊！为什么自古以来有的歌声令人陶醉，有的却让人无动于衷？为什么二三百年前的音乐有的至今还能够温暖我们的心声，有的却让人厌恶？老师每每批评学生的演奏时说的'只有技巧，没有灵魂'，乐评家抱怨一部作品时所讲的'只有音响，没有灵魂'，原来是因为这些作品、这些演奏没有携带着信息的量子在活动啊！"我几乎是有些抢白般地怼他，说罢便有些后悔。

没想到老徐不但没有生气，反倒说我很有悟性。他解释道："量子力学提出世间万物不是孤立存在的，很可能是通过量子纠缠现象绑定在一起的，或者更准确地来说，世间万物本就是一体的。它们之所以有着不确定性，是因为那些状态的特征既有一定概率体现在一对量子的 A 点上，也可能存在于 B 点上，它们彼此影响。"

量子纠缠的灵犀

"那根据这个理论，在这天地之间或许真的存在着平行世界？"我问道。

老徐说："对于现实感很强的一般人来说这可能很难理解，因为他们习惯了从经典物理的视角去看待一切。但对于你们学音乐的人来说，应该很明白的呀。"

毕达哥拉斯早就从数的和谐中发现了宇宙与音乐之间的平行关系，两者都蕴含着和谐秩序，彼此之间应该也存在着一种感应力，所以我们在音乐中会天然地追求一种和谐的秩序。难怪先锋音乐出现近百年却始终得不到广大听众的认可，因为它从根本上否定了宇宙和谐的原则，破坏了宇宙与音乐之间的平行关系，我们的音乐灵魂没有从中得到满足。仔细想来，还真是这个道理。

我试图说出我的理解："音乐世界本身又应该是一个系统的存在，维系它的正是量子纠缠，A 量子携带的音乐信息使得 B 量子得到共鸣。"

老徐笑着说道："量子是否携带信息，这也是科学家们还在争论的问题。作为外行，你完全可以这样猜想，用这样的理论套上现实的情形，我觉得也未尝不可。甚至可以做一种双重猜想，即无论是发出信息的 A 方，还是接受纠缠的

B方，都不是毫无情感、不会变化的量子，它同时又是有血肉、有情感的活生生的人，是有可能发生变量的信息——既归结到量子纠缠抽象，又结合音乐实际。"

"音乐家的成功通常会被认为与遗传有关，特别是那些香火延续百年以上的大家族，如巴赫、库普兰、施特劳斯等。父子传承的情形也不胜枚举，如小提琴家奥伊斯特拉赫父子、指挥家阿诺索夫父子、钢琴家塞尔金父子等。然而，量子携带的音乐信息不仅能通过遗传传递，还可以超越时空和社会地位。海顿的父亲是修车匠，格鲁克的父亲是守林人，西班牙女高音歌唱家安赫莱斯的父亲只是巴塞罗那大学的一个普通门卫……但他们都得到了音乐灵魂的传递——这与身份没有必然的关系：英国作曲家邓斯泰布尔曾当过公爵的仆人，'圆舞曲之王'约翰·施特劳斯先前只是一个记账的小职员；甚至与学习经历也没有必然的联系：女中音歌唱家巴托莉最初是学长号的，哈恰图良十九岁的时候还在莫斯科大学生物系上课……这是一本正经的胡说八道吧？"我有些心虚地问他。

老徐答道："关于量子的科学本来就是从假设发展起来的。"

量子纠缠的灵犀

我紧接着说道："接受纠缠的量子 B 也需要具备一定条件。首先需要具备感应力，正是因为生物场、物理场、心理场的作用，音乐家的灵魂才可能发生作用。就生物场而言，量子 B 的感官敏感程度、情感反应强度、细胞传递的速度——也就是我们通常所说的'气质''乐感'，决定了这颗量子是否有可能接受纠缠。小卡萨尔斯五岁就开始跟随父亲学习小提琴，可到了十一岁时，他偶然间听到大提琴的美妙声音，于是立即'弃小从大'，毅然只身前往巴塞罗那求师。那么对此唯一合理的解释就是小卡萨尔斯的灵魂得到了音色美的强烈震撼。这种敏感度与肌体感官的完整并没有绝对的关系。音乐史上有两位失聪的作曲家——贝多芬和斯美塔那，他们的作品依然震撼人心；除此之外还有三位失明的音乐家——十四世纪的兰迪尼、二十世纪的华彦钧和现代的波切利，他们的音乐仍然那么动人。音乐家们的音乐学习通常都是从娃娃抓起，大抵八岁之前开始学习，十几岁就可以得到更为系统的专业教育。史家们的要求更高，五岁就能举行独奏音乐会的才可称为'神童'。古往今来，这样的天才确实不多，莫扎特、圣-桑、阿尔贝尼斯……海菲茨登台稍晚一些，三岁学琴，六岁独奏，勉强也算。这些音乐家在这么小的年纪就能领悟音乐的美，这说明量子 A 携带的信息并不是以生活语言的形式出现的，也不是通过理解被接受的，这纠缠带来的信息表明和谐的秩序感，让心理场、生物场具有足以接纳条件的 B 量子引起共振。因此，即便是黄口小儿，也能十分天然地接受和声节奏的脉动，彻悟倚音的重量感、颤音的轻盈感、经过句的灵动感等。与此同时，量子所携带的这种和谐秩序可能是历史上量子 A 的积累、穿越，是与时俱进的信息。当然，音乐信息接受的感应也可能是通过极为敏感的心智理解能力而起作用的。例如卡塞拉、肖斯塔科维奇、古尔德，这三人学琴的时间虽然并不算早，但都在八岁就把《十二平均律钢琴曲集》弹完了，他们之所以能够迅速把握对巴赫音乐的感应能力，或许正是因为对纵横和谐的格律秩序有着特别敏锐的领悟。"

我一口气说完，老徐这家伙就像电影里戴着夹鼻镜子的老学究，慢条斯理地一边拍手一边说道："我觉得你还应该补充的是量子叠加态。它才是最能表现音乐本质美的。只有音乐才能产生鸡尾酒般的既保留层次清楚，又有整体叠加的效果，所以我每次听到拉赫玛尼诺夫《第二交响曲》第一乐章结尾处的两个主题重叠时都倍感振奋。"

量子纠缠的灵犀

"那关于量子与音乐，我还应该补充些什么呢？"我问。

老徐笑道："又不是要你到我们所里去演讲！量子纠缠的理论也重申了现代解释学的要义——一切事物只有在被关注的时候才是完整的存在。作品价值也在于它所得到的关注力，越受人们关注，其存在就越有价值，散发的能量也就越强。"

我想了一下，说道："细想音乐史上那些成功的音乐家，大多是很早获得关注的，这说明音乐学习在更大、更好的范围内进行更有效果。反过来说，这也就是人害怕孤独的原因。孤独可以令一个人窒息死亡。沃尔夫虽然很有才能，但贫困潦倒，得不到关注，最后因精神病而亡；雷格尔是一位对音乐以外的价值观无所关注的作曲家，没有 A 量子的纠缠，内心也不会产生 B 量子的激情，这也使他的作品得不到关注，因而默默无闻。"

老徐看了看手表，说道："这些只是一种奇想罢了，但若是以此作为音乐家成才道路的猜想，我觉得还挺有意思的。"

"也许对创作本身都有意义，"我接着老徐的话说，"特别是你说到的量子叠加和音乐美的本质，还给我这个复调教员出了新的课题呢。"

等待着，成为一朵红莲

（代跋）

那阵子旅居美国，偶然识得几个佛教合唱团的朋友，经不住他们的劝说，于是为佛经偈语写了些合唱。虽然这些歌还在洛杉矶地区的汇演中得了奖，但我并不以为这些给业余队伍写的歌有什么辛苦，所以也就谢绝了他们要给的稿酬。后来回到上海，也不知怎的，有一些寺庙竟会兀自找上门来约稿，承诺会让一些施主转账给我，但是这些施主又不知道该怎么计酬，我也怕烦，就此推辞了。

2008 年我应文化教育部门指派，前往各地讲课。本来预定 5 月 12 日下午抵达成都的，不料两点半将要到点时，突然乘务员走进客舱，宣布目的地发生了地震，飞机无法降落，不得不转至重庆。原先我还想提前一天先到都江堰游玩呢，真要是那样的话，这回就困在震中，怕是必死无疑的了。

一束金百合

　　重庆机场所有的玻璃窗全被震碎。所有飞机票、火车票都已抢购一空，后来想到通过长江旅游的路线返沪，但还得在这里待到第二天傍晚才开船。

　　在重庆找了一家便宜的客栈应付了一晚。半夜又有余震，床边柜抽屉里的杂物晃了一夜。第二天服务员说，人们都逃到大街上避难，就你们还在呼呼大睡！

　　为了打发时间，我就到附近的山寺逛逛，进了山门，被两边盆栽的莲花一路引到大雄宝殿，又顺着殿堂里的两排小莲花灯，直走到救苦救难的观音菩萨脚边。两炷高香在龛前袅袅升烟，僧人在为罹难的同胞低声吟唱，这才知道我们经历了一场生死浩劫。

　　直到傍晚登船了才算惊魂甫定。后怕之余，忽然想起《音乐之声》里有句歌词：

　　　　你必定是做过什么好事

　　　　才会得到今天幸运福报

　　这辈子错事犯了不少，而竟然会在无意中做过什么算得上是积德的善举呢？想着也很愕然。后来突然记起，那些免费为国内外佛教经文歌写过的合唱算不算呢？这点小事，还能让我逃过这鬼门关吗？！

等待着，成为一朵红莲

　　或许世上一切都有定数在操控吧。定心一想，所谓蝴蝶效应，可能也有点道理的呢：没有美国之行，也就不会和佛教合唱有缘；没有这个缘分，也就没有怕烦的免酬；没有这番慷慨，也就算不上做过什么"好事"了。

　　不管怎样吧，我也就有了个心愿，因因相袭，尽我所能，写个曲子报答命数的善意吧。

　　一位朋友说得也很实在，说是先不论这些吧，于是带我们一起去泰国清迈压压惊，散散心。我也想着，说不定又有什么未知的命数在等着我呢。

　　那是紧靠海边的一个度假村。在办理入住手续的时候，就看到前台服务员手边都有一小盏水盆供养着莲花。跟着行李到了住宅区，又看到每幢别墅门前也有一个精致的水盆，浮动着一朵盛开的红莲。到了这个佛国，到处是莲花，在它的衬托之下，一切都显得宁静、和平，又让人感到美好就在身边，心神也就不知不觉地安稳了。

　　住宅区的边上就是大海。远远奔来的白色泡沫，给沙滩留下一道逶迤的曲纹。空气中混杂着淡淡的海腥味和芒果树的清香。花园里到处开满着金黄色的鸡蛋花，就是高更画里那些姑娘发髻上插的那种。推开卧室大门，只见靠床头的墙上挂着一幅很奇怪的画，画面上就只有脸面下半部分，这应当是一个浅灰底色的石雕头像的局部特写，虽然不知道表情，但在唇边泛起微微的红润。很明显，这幅画的主题就是佛的唇语。他什么都没说，但又让你觉得，他道出了一切。

旅途的疲劳，让我睡眼惺忪，看着那佛像的嘴唇似乎微微地动起来了。

"你终于来了。"他说。

我喃喃地应着，想着他说的"终于"是什么意思。这可是指我和这幅画的相见，又是一种定数吗？

"辛苦吧。"他的声音共鸣犹如洪钟那样交混回响，让我分不清楚他的语气。难不成是在问候我一路舟车劳顿吗？或者，那庄严的声调，是否在问我："眼前所见到的一切，是否值得你此生的经磨历难呢？"

恐怕唇语还有一层意思吧：倘若你所期望的一切已经如愿，那你是否还有什么追求？如果万般不果，那此生还有什么意义呢？

也许我想多了。但心里还在思索着他说的"辛苦吧"三个字。就像一个音调动机在脑子里变化发展着那般。但其实他什么都没说，都是我在自说自话。正是所谓"本就无一物，万念由心来"。

在不知不觉中懵懵懂懂睡去。醒来时已经万道金光。穿着纱笼的服务员正在给每幢别墅门前的花盆换水，安置新鲜的莲花。

我在海边帐篷遮掩的凉亭里静静地坐着，倾听印度洋的海浪潮起潮落。一只孔雀向我踱步走来，尽管海滩上四寂无人，它仍然自顾自地绽开着自己一身靓丽多彩的羽毛。这一切并不为着什么，就是三个字：我愿意！

想着自己一辈子都是活在"为了什么而什么"的心思里，真是自愧不如。什么时候我们的处世也能够这般无所用心，就像天边的流霞在自由地舒卷，像池塘里的红莲想着绽放就绽放呢？

是的，既然一切的来去都"不为什么"，都是"我愿意"，那么生活也罢、艺术也罢，无论想做什么，就没有犯得着或犯不着的计算了。恐怕这才是真正的自信啊。

我拍下了这幅佛像唇语图，回到上海还到装潢店里放大，配上画框，挂在客厅里。朋友看了都以为我怎么去了一次旅游就有了虔诚笃信了呢。"不要多想，不为什么。"我回答他们的时候，竟觉得自己也像孔雀那样睥睨四周呢。"就是我愿意！我喜欢啊！"

许多客人来家里看了这幅画都觉得挺有意思。其中一位学生家长是画家，见到这幅唇语图非常惊讶，说是他以前在一本画册上看到过，想不到在这里又见着了。回去之后就让女儿把我写过的一些书找来给他看看。几周之后他又陪着来上课了，其实是想邀请我到他的"拈花堂"去，为学生们做个讲座。原来他在无锡有所艺校和一间民宅。

"我们在拈花湾附近租到一处不大的小岛。"他向我解释。

"哦，是在灵山脚下吧。"我还记得那里有个小山坡，长满五颜六色的格桑花，让人想起西藏辽阔的草地。我说："我也知道佛祖在拈花湾讲法的传说。"那故事说他在众生面前拈起一朵金婆罗花，良久不语，举座不知其解，唯有尊者迦叶轻轻一笑地会意。

他补充说："附近还有个塔，墙上还有叙述这故事的壁画呢。"

我们在小岛上散步，四周翠林修竹，枫红芦白，学生们在河边草坡上写生。走近前去瞄了几眼，画得都很逼真。远处古筝随风飘来依稀拂弦的琴声。

"给你们讲些什么呢？"下午的开场白我也不知道该怎么

开始。"要说艺术的真谛，其实我至今仍然说不清楚呢。"我自嘲地说，"每每要动笔，脑子里先想到的还是曲式、构图那一套。只是来到这里，想起二千五百年前佛祖在这里的教诲，才能领悟到他说过的话：欲使一切技巧能摆脱虚假表相，而能使情感心意修成正果的妙法，要有真性情，要有发现美的眼睛才行，这也依靠平时观察积累的心得。"

　　长的句子我特地说得很慢，其实这不仅仅是为着学生们记录，也是我为着一家杂志的约稿趁机在整理头绪呢。"所以佛祖说他要论及道法奇妙之处，是'不立文字'，而是'以心传心'的。用今天的话来说，也就是决计不会写成教材、归纳成条文规则的。"

　　我一边在大庭广众面前这么振振有词地说着，一边心里却在小声地反驳着，这番话其实要给已经知道 ABC 初步的学生去说才对，不然他们就会不成方圆，无法无天了。可脑子里却又飞到我想着给命数献上的感恩曲，至今却还钻在曲式套路里，钻不出来呢。

　　黄昏时分飘过一些零星小雨，秋风吹散了九月初凉带来的忧郁，河面上的一些浮莲在荡漾中倒是显得更是鲜艳了。

　　客房是一幢民国情调的老宅，进屋后我就关了灯，任月

一束
金百合

光从菱花窗棂照进，很自由，很惬意。这一瞬间顿时觉得自己已经凌空在太虚之中，无所羁绊呢。月光也照在唇语图上了。可能是这位画家看了在我家的相片，凭着记忆画出的吧。唇语仍在问我："那你这辈子，又是为什么而写书写曲，又是怎样写成的呢？你的那些意象，又有什么隐喻呢？"

也着实是被他问烦了。想起印度洋边上那只踱步走来的孔雀，我不禁理直气壮起来。"不为什么"，"不想什么"，只是"我愿意"。

一骨碌翻身起来，重开电脑。其实，此生凡经历过的，无心有心，一切都是印证在心的。我的感恩曲也不觉也有了思路了：

> 静静安坐绿水边，等待化作一朵莲。
> 绵绵细雨泯俗缘，轻轻微风去羁绊。
> 心灵自由翔蓝天，随云绽放高山巅。
> 俯瞰寰宇人世间，祝愿生灵得平安。
> 驱魔消灾克大难，从此安康万万年。